Nicola y el noble impostor

MEG CABOT

Nicola y el noble impostor

Traducción de Sonia Tapia

Barcelona • Bogotá • Buenos Aires • Caracas • Madrid • México D. F.
Montevideo • Quito • Santiago de Chile

Título original: *Nicola and the Viscount*

Traducción: Sonia Tapia

1.ª edición: septiembre, 2005

Publicado originalmente en USA en 2002 por HarperCollins Children's Books, una división de HarperCollins Publishers

Impreso en España - Printed in Spain
ISBN: 84-666-2203-9
Depósito legal: B. 31.332-2005

Impreso por ROMANYÀ VALLS, S.A.

agradecimientos

Muchas gracias a Berth Ader, Jennifer Brown, Laura Langlie, Abby McAden y David Walton.

primera parte

UNO

Londres, 1810

—¡Ay, Nicky! —suspiró la señorita Eleanor Sheridan—. Daría cualquier cosa por ser huérfana como tú. ¡Menuda suerte tienes!

La señorita Nicola Sparks, lejos de ofenderse por el comentario de su amiga, se estudió pensativa en el gran espejo de marco dorado que tenían delante.

—¿Verdad que sí? —convino.

La madre de Eleanor resopló indignada.

—¡Qué bonito! —exclamó la señora Sheridan tendiendo un montón de ropa interior a la doncella francesa de Eleanor para que la guardara—. Siento muchísimo que tu padre y yo no hayamos tenido el detalle de fallecer en un momento más oportuno.

Eleanor, que estaba detrás de Nicola junto al tocador examinando sus rizos castaños en el espejo con la misma mirada crítica que Nicola aplicaba a sus relucientes rizos negros, miró al techo.

—Ay, mamá, no seas pesada. Sabes muy bien que no

quiero que os muráis, ni papá ni tú. Lo que pasa es que Nicola ha recibido un montón de invitaciones y tiene la suerte de poder elegir adónde ir ahora que ha terminado el colegio, mientras que yo no puedo decidir nada en absoluto. Tendré que pasarme el resto de la vida con papá y contigo y con mis espantosos hermanos, por lo menos hasta que me case.

—Si esta casa te resulta tan desagradable, puedo enviarte a pasar el resto de tu vida con tus tías abuelas en Surrey —sugirió la señora Sheridan en tono seco—. Estoy segura de que estarían encantadas.

Eleanor abrió desmesuradamente los ojos y se giró bruscamente para mirar a su madre.

—¡Surrey! —exclamó—. ¿Y qué demonios iba yo a hacer en Surrey?

—Eso, desde luego, no lo sé. —La señora Sheridan cerró el primero de los muchos baúles de su hija y se acercó al segundo—. Pero te prometo que lo vas a averiguar como no empieces a demostrar un poco más de sentido común. ¡Mira que considerar una suerte ser huérfana!

Nicola, que examinaba su nuevo recogido (el primero que le permitía Martine, su propia y muy estricta doncella francesa, que no consideraba apropiado que las muchachas menores de dieciséis años llevaran el pelo recogido), se volvió en el taburete, movida por aquel comentario.

—Pero si tengo mucha suerte, señora Sheridan —afirmó muy seria—. Vaya, que como en realidad no llegué a conocer a mis padres, sabe usted, pues tampoco los echo de menos. Murieron unos meses después de que yo naciera. Y aunque fue una tragedia, por lo menos fallecieron juntos...

—¡Qué romántico! —suspiró Eleanor—. Yo espero morirme como los padres de Nicky, ahogada en el río Arno en una súbita tormenta.

—Y aunque mi padre no tenía fortuna —prosiguió Nicola tranquilamente, como si Eleanor no hubiera dicho nada—, me dejó la abadía, que me proporciona una pequeña renta. No es gran cosa, desde luego, pero me basta para costear una doncella y un colegio y una cinta nueva para un sombrero de vez en cuando.

Nicola se volvió de nuevo hacia su reflejo que, aunque no era ni de lejos el más hermoso del colegio para señoritas de madame Vieuxvincent (Eleanor tenía el privilegio de ser la chica más bonita del colegio), nadie, con excepción tal vez de Nicola, hubiese dicho que no era de lo más agradable. Nicola consideraba un espantoso defecto el ramillete de pecas que le había salido en la nariz tras una imprudente excursión al río el verano anterior, sin sombrero ni parasol.

Aun así, y a pesar de las pecas, se vio obligada a admitirlo.

—Así que, señora Sheridan, Eleanor no se equivoca. Tengo mucha suerte. Por lo menos la he tenido hasta ahora. —Nicola se mordió el labio y vio en el espejo cómo se le ponía de un marcado escarlata. El carmín estaba estrictamente prohibido en el colegio (como los polvos, desafortunadamente para las pecas de Nicola), de manera que las jovencitas se veían obligadas a recurrir a los pellizcos y mordiscos si querían lograr un aspecto lozano, aunque Nicola, con su cutis de marfil y su pelo y sus pestañas oscuras, se las apañaba bastante bien sin tales trucos—. La verdad es que no tengo la menor idea de lo que será de mí ahora que ha terminado el colegio. La vida me llevará de un lado a otro, como una hoja al viento, supongo.

—Bueno, pues si alguna vez te cansas de ser una hoja —dijo la señora Sheridan sacudiendo uno de los arrugados chales de su hija antes de dárselo a la doncella, Mirabelle, para que lo planchara entre pañuelos de gasa y lo guardara doblado en el arcón—, ya sabes que tienes un lugar en nuestra casa, Nicola, tanto tiempo como desees.

—¡Como si ella fuese a querer! —exclamó Eleanor, apartándose de la soleada ventana a la que se había acercado—. ¡Pero si Nicky ha recibido invitaciones para irse a vivir con algunas de las chicas más ricas del colegio! Se lo ha pedido Sophia Dunleavy. Ah, y Charlotte Murphy. Hasta lady Honoria Bartholomew se lo ha pedido. Sus padres tienen una casa en la ciudad, en Park Lane, y lady Honoria tiene su propio calesín..., por no mencionar todo un guardarropa copiado directamente de los figurines de *La Belle Assemblée*, sólo para su primera temporada en sociedad. Y su padre es conde, el conde de Farelly, y no un simple vizconde, como papá.

—¡Cielo santo! —Pero la exclamación de lady Sheridan no se debía, como cabría pensar, a la grandeza del linaje de lady Honoria Bartholomew—. No sé en qué estaría pensando lady Farelly para invitar a una joven como Nicola durante la primera temporada en sociedad de su propia hija. Esa mujer debe de estar loca.

Al oír esto, a Nicola se le saltaron las lágrimas. Eleanor había sido su amiga del alma durante los años que habían pasado juntas en el colegio. ¿Cuántas vacaciones había pasado en Sheridan Park? ¿Cuántos fines de semana en la casa de Londres de los Sheridan? Siempre le había gustado pensar que la bondadosa lady Sheridan la consideraba como una segunda hija.

Pero entonces ¿por qué decía una cosa así?

—¿Una joven como Nicola? —Eleanor, para satisfacción de Nicola, se apresuró a salir en defensa de su amiga—.

¡Pero bueno, mamá! ¡Cómo dices esas cosas! ¡Y delante de Nicky!

Pero lady Sheridan sólo parecía molesta.

—Por todos los santos, Eleanor —respondió en un tono más conciliador—. Lo que quiero decir es que lady Farelly no debe de tener ni la sensatez que Dios ha otorgado a los gansos para invitar a una joven tan bonita como Nicola en un momento en que su propia hija (que por mucho dinero que tenga, no es precisamente una belleza) estará buscando marido.

Nicola se dio cuenta de que lo que había considerado un insulto de la peor especie era en realidad un cumplido bastante agradable. De manera que se tragó las lágrimas y, sintiendo una oleada de afecto por la madre de su amiga, se levantó de un brinco del taburete y corrió a darle un abrazo.

—¡Ay, lady Sheridan! —exclamó. Estuvo a punto de tirar la ropa que llevaba Mirabelle, la doncella—. ¡Es usted maravillosa! Casi me dan ganas de quedarme con ustedes.

Lady Sheridan, que parecía algo sobresaltada, le devolvió sin embargo el abrazo con unas afectuosas palmaditas en el hombro.

—Eres una muchacha muy dulce, Nicola —comentó—. Y creo que le has hecho mucho bien a Eleanor. Dios sabe que elegimos para ella este internado como último recurso. Todas las institutrices que contratábamos desistían de creer que llegara a adquirir ni siquiera unos conocimientos básicos de francés y de costura. Pero gracias a ti, y a madame, por supuesto, ha dejado de ser tan tonta. Creo que ha sido tu influencia lo que ha hecho que al final se aplicara un poco en los estudios.

—¡Mamá! —protestó Eleanor—. ¡Yo no soy tonta! ¡Vamos! Si este trimestre he sacado mejores notas que nadie, con excepción de Nicola. Y el mes pasado leí *La balada del trovador*. —La distrajo un ruido del exterior y olvidó de inmediato su indignación en su ansia por dar la noticia—: ¡Mira, Nicky! ¡Es él! ¡El mismísimo dios! ¡Al final ha venido, como dijo lady Honoria!

Nicola soltó de inmediato a lady Sheridan y corrió a la ventana tan precipitadamente que casi se enganchó el vestido de muselina blanca con el canto de uno de los baúles de Eleanor.

—¡Ay, señorita! —gritó Mirabelle—. ¡Tenga cuidado con ese vestido tan bonito!

Eleanor, haciendo sitio a Nicola en el asiento de la ventana, declaró con desdén:

—¿Y qué importa un miserable vestido cuando hay un dios en la puerta?

Lady Sheridan y la doncella de su hija se miraron, pero a Nicola no le importaba lo frívolas que las considerasen a Eleanor y a ella. Bien valía la pena, teniendo en cuenta la visión que aguardaba allí abajo...

—¡Ah! —susurró Eleanor, procurando que no la oyeran. Al fin y al cabo era un cálido día de primavera y todas las ventanas del colegio estaban abiertas para que circulara el aire mientras iban saliendo las jóvenes en aquel último día del trimestre—. Míralo, Nicky. ¿Habías visto alguna vez algo parecido?

Nicola tuvo que admitir que no. Por lo menos desde la última vez que el joven lord Sebastian había visitado a su hermana, lady Honoria, compañera de estudios de las chicas.

—Tiene el pelo más rubio que he visto en mi vida —comentó Eleanor en voz baja—. ¡Y mira qué hombros!

Nicola miró al alto joven sin dar importancia al pelo rubio ni a la impresionante envergadura de sus hombros. Lo que recordaba de lord Sebastian eran los ojos, tan azules como los suyos, y eso que algunas de las muchachas más imaginativas los habían comparado con el zafiro del broche que llevaba madame en las ocasiones especiales, como ese día. La primera vez que vio los ojos de lord Sebastian Bartholomew le parecieron azules como el cielo...

Aquello había sido el día de la última función del colegio, el otoño anterior, cuando el hermano de lady Honoria, venido de Oxford para ver a su única hermana, había felicitado a Nicola por su papel en la representación de *Marmion*, de Walter Scott.

—Señorita Sparks —le había dicho lord Sebastian en aquella ocasión, con una voz tan dulce y tan profunda como Nicola se imaginaba que sería la de Lancelot cuando hablaba con su hermosa Ginebra—. Cómo envidio a Lochinvar, aunque sólo sea porque unos labios tan dulces como los suyos hayan pronunciado su nombre.

Ella recibió el cumplido sin una palabra, con sólo una reverencia y, se temía, un rubor. Pero ¿cómo podría haber hablado? ¿Qué podría haber dicho? Eleanor tenía toda la razón: el joven era como un dios, un auténtico Apolo o incluso un Adonis..., por lo menos tal como los grandes maestros representaban a Apolo y Adonis en los cuadros que madame había colgado en el salón para edificación de sus pupilas.

Y como Apolo, el dios del sol, lord Sebastian abrasaba el alma de Nicola. Una simple mirada bastaba.

Bueno, ¿acaso Romeo había necesitado más para poseer para siempre el corazón de su dulce Julieta?

Y ahí estaba de nuevo lord Sebastian, y esta vez Nicola

estaba decidida a hacer algo más que una reverencia. No, esta vez impresionaría al dios con su ingenio y su elegancia. Eso seguro.

Y además, tenía a su favor lo guapa que estaba con su nuevo recogido. ¡Vaya, si la última vez que lo había visto llevaba trenzas! ¡Él debió de pensar que era una niña! Lo de las pecas era una lástima, pero no tenía remedio. Por lo menos hasta que llegara a Londres y pudiera tener acceso a un poco de maquillaje.

—Espero que haya visto tu *Dama del lago* en la representación de esta mañana —dijo Eleanor, mientras lord Sebastian dirigía hacia el carruaje al criado que llevaba uno de los baúles de su hermana—. Porque entonces seguro que se ha enamorado de ti. Nadie puede oírte recitar a Scott, Nicky, sin enamorarse.

Nicola esperaba con todo su corazón que fuera cierto.

Justo en ese momento una voz decididamente poco femenina preguntó a espaldas de las chicas.

—¿Quién se ha enamorado de Nicky?

Tanto Nicola como Eleanor se volvieron bruscamente. Al ver quién era, las dos se movieron instintivamente para bloquear la ventana.

—Nathaniel, pero ¿en qué estás pensando? —reprendió lady Sheridan a su hijo menor—. ¿Cómo se te ocurre entrar en la habitación de tu hermana sin llamar primero? ¡No había visto nunca una cosa así!

—La puerta estaba abierta —replicó el hermano de Eleanor, el honorable Nathaniel Sheridan, dejándose caer en un sillón y mirando a las chicas con expresión tan inquisitiva como pícara—. ¿Quién se ha enamorado de Nicky? —insistió.

Nicola, avergonzada, miró suplicante a lady Sheridan.

Nathaniel Sheridan parecía deleitarse en burlarse sin piedad tanto de Eleanor como de Nicola cada vez que las veía, cosa que por fortuna no sucedía a menudo puesto que el joven, hasta hacía muy poco, había estado ocupado en Oxford estudiando para el examen de licenciatura en matemáticas, título que de hecho había obtenido.

Pero ahora, con el título en el bolsillo, Nathaniel andaba suelto por el mundo y Nicola no podía evitar sentir cierta lástima... por el mundo, claro. Aunque secretamente sospechaba que el comportamiento de Nathaniel no hubiese resultado ni la mitad de exasperante de no ser un joven tan atractivo. Bueno, no es que fuera un Apolo, ¡no, por Dios! No, no era ningún dios de pelo rubio y ojos azules.

Pero era bastante alto y desde luego tenía una sonrisa muy sugestiva, y Nicola encontraba encantador el mechón de pelo castaño que a veces le caía sobre los ojos. Era intolerable que alguien tan irritante fuese tan agradable a la vista.

El desdén de Nathaniel por la poesía, sin embargo, era un defecto enorme. Una vez tuvo el valor de llamar al valiente y guapo Lochinvar «el zopenco ese», un pecado por el cual Nicola jamás podría perdonarlo.

Por suerte lady Sheridan reprobaba el trato burlón que su hijo daba a su hermana y las amigas de ésta tanto como Nicola le criticaba su falta de respeto por la belleza literaria.

—De ahora en adelante, Nathaniel, te dirigirás a Nicola llamándola señorita Sparks —le recomendó la madre al joven—. A partir de hoy ya no está en el internado, y la tratarás con la misma cortesía que si fuera una desconocida para ti y no la amiga de Eleanor. —Lady Sheridan se volvió hacia Nicola—. Pero tú, querida, eres muy libre de darle en la cabeza con la sombrilla si persiste en su exasperante comportamiento.

Antes de que Nathaniel pudiera protestar demasiado, el hermano pequeño de Eleanor, Phillip, que contaba diez años, irrumpió, sin molestarse tampoco en llamar, en la habitación que su hermana pronto dejaría para siempre. Él no tenía ojos, sin embargo, para las damas. Toda su atención se centraba en su hermano, doce años mayor.

—¡Nat! —gritó muy excitado—. ¡No te imaginas el faetón que acaba de llegar! Tirado por dos caballos zainos de dieciocho palmos por lo menos. Seguro que cuesta cada uno más de cien libras...

—¡Phillip! —exclamó lady Sheridan, consternada por la falta de modales de sus hijos—. ¡Desde luego! Un caballero llama siempre antes de entrar en el tocador de una dama.

Pero el niño la miró desconcertado.

—¿Dama? ¿Qué dama? ¡Pero si es la habitación de Eleanor! Oye, Nat, tienes que venir a ver los caballos...

—Mademoiselle. —Todas las miradas se volvieron hacia la puerta, donde estaba Martine, la doncella de Nicola, con el sombrero y el parasol de su ama y los ojos muy abiertos—. Le ruego que me disculpe, mademoiselle, pero lady Farelly me ha enviado a buscarla. El carruaje acaba de llegar. La están esperando todos abajo.

—Así que son los caballos de lord Farelly —comentó Phillip con un silbido de admiración—. Claro, no me extraña.

La reacción de su hermano mayor, sin embargo, no fue tan risueña. Nathaniel casi se levantó de un brinco de la butaca.

—¿Lord Farelly? —barbotó, con bastante descortesía—. ¿Qué demonios...? No te irás a quedar con los Bartholomew, ¿verdad, Nicky?

—¿Qué pasa? —replicó Nicola, tendiendo la mano hacia el sombrero y el parasol que le ofrecía su doncella—. Son gente de lo más agradable.

—De lo más rica, querrás decir —terció Phillip—. No me extraña que Nicky se quede con ellos, teniendo caballos como ésos.

—¡Phillip! —Lady Sheridan parecía a punto de perder la paciencia con sus hijos—. Comentar la situación financiera de los demás es una ordinariez. Y Nathaniel, ya te he dicho antes que debes dirigirte a Nicola como «señorita Sparks».

—Pero bueno, Phillip —terció Eleanor—, la idea de que Nicky prefiera quedarse con los Bartholomew y no con nosotros simplemente porque da la casualidad de que tienen más dinero es absolutamente ridícula. ¿Cómo se te ocurre pensar una cosa tan ruin? ¿Y de nuestra Nicky? Para que lo sepas, no tiene nada que ver con el dinero. Lo que pasa es que Nicky está enamorada de lord Sebas...

—¡Eleanor! —gritó Nicola.

Pero demasiado tarde. El daño ya estaba hecho.

—¡Así que de eso era de lo que hablabais cuando he entrado! —Nathaniel se apartó un mechón de pelo de los ojos y miró con severidad a Nicola—. Pues para que lo sepas, Sebastian Bartholomew no es más que un remero.

Nicola soltó una exclamación, furiosa al oír que criticaban al dios (aunque tampoco imaginaba por qué unirse al equipo de remo de una universidad era un crimen), pero igualmente enfadada con Eleanor por haber desvelado su más preciado secreto. No recordaba haber estado nunca tan enfadada con nadie. La furia, como madame recordaba siempre a sus pupilas, es completamente impropia de una dama. De manera que Nicola hizo un esfuerzo por dominarse. Pero no lo logró y las palabras brotaron en un airado torrente:

—¡Debería darte vergüenza decir esas cosas! —exclamó—. ¡Tú ni siquiera le conoces!

—Le conozco bastante mejor que tú —replicó Nathaniel—. Estábamos en el mismo colegio mayor, en Oxford.

—¿Y qué? ¿Qué pasa porque sea remero? A mí me parece que es bastante más emocionante que lo que tú hacías en Oxford.

—¿El qué, adquirir una educación? —La risa de Nathaniel carecía de alegría—. Sí, desde luego Bartholomew tuvo muchas más emociones que yo en Oxford, yo diría...

Aunque no sabía muy bien qué había querido decir Nathaniel, Nicola sintió otra oleada de rabia. ¿Cómo se atrevía nadie a hablar en tono desdeñoso de un dios? Tenía ganas de romper algo, pero puesto que aquélla era la habitación de Eleanor y no la suya, no podía romper nada, de manera que se conformó con dar una patada en el suelo y declarar:

—¡Lo dices como si fuera un gandul!

—Lo has dicho tú, no yo —repuso Nathaniel.

—No le hagas caso, Nicky —terció Eleanor—. Lord Sebastian es un amante de la poesía, como tú. Y ya sabes lo que piensa Nat de la poesía.

—Dejando a un lado lo que Nathaniel piense de la poesía —intervino lady Sheridan, interponiéndose entre su hijo y la amiga de su hija, que en ese momento estaban frente a frente con las narices casi pegadas, los brazos cruzados y la respiración agitada, mirándose furiosos—, ¿estás segura de que tu tío aprueba que te quedes con lord y lady Farelly, Nicola?

—¿Mi tío? —Nicola miró perpleja a lady Sheridan.

—El Gruñón —se apresuró a aclarar Eleanor.

—Ah, se refiere a lord Renshaw. Pero no es mi tío, lady Sheridan, sólo mi primo... y mi tutor. Y sí, ya sabe que me quedo con los Bartholomew. —Entonces miró a Nathaniel con los ojos entrecerrados—. El Gruñón es un cascarrabias, pero por lo menos no es una persona de mente estrecha que odia la poesía.

Nathaniel abrió la boca para replicar, pero antes de que pudiera emitir sonido alguno su madre le interrumpió.

—Muy bien, entonces. Si el tutor de Nicola lo aprueba, no creo, Nathaniel, que nosotros podamos poner ninguna objeci...

—Qué va —saltó Eleanor con una risita—, si el Gruñón no lo aprueba... La verdad es que le ofendió mucho que Nicky no accediera a quedarse con él y con el gallina de su hijo en Londres. ¿A que sí, Nicky?

Lady Sheridan alzó los ojos al cielo.

—Eleanor, ten la amabilidad de no referirte a lord Renshaw como el Gruñón, ni de calificar de gallina a su heredero.

—¿Y por qué no? —preguntó Eleanor sorprendida—. Pero si lo es.

—A pesar de todo.

—Mademoiselle. —Martine, todavía en la puerta, carraspeó—. Siento interrumpir, pero no debemos hacer esperar a Su Señoría.

Nicola se volvió hacia lady Sheridan. Desde luego no era así como hubiera querido despedirse de aquella familia que tan buena había sido con ella durante todos los años que había pasado con Eleanor en el internado. Claro que seguramente se verían con bastante frecuencia cuando estuvieran todos de vuelta en Londres. Eleanor y ella recibirían sin duda muchas invitaciones para las mismas fiestas y bailes...

Por desdicha era también probable que asistiera Nathaniel, pero Nicola pensaba mantener una firme actitud de desdén con él de entonces en adelante. ¡Cómo se había atrevido a despreciar al dios de aquella manera!

—Me tengo que ir —dijo Nicola con pesar a lady Sheridan—. Pero ¿podría ir a ver a Eleanor cuando se instale en casa?

—Puedes venir a ver a Eleanor siempre que quieras, Nicola —contestó lady Sheridan, envolviendo en sus brazos a la mejor amiga de su hija—. Y no te olvides: si cambias de opinión y no quieres quedarte con los Bartholomew, por la razón que sea, nuestra casa siempre estará abierta para ti.

Nicola la abrazó agradecida, apartando la vista de Nathaniel, que todavía la miraba con expresión sombría. El hermano de Eleanor era un bromista y un incordio, sin duda. Pero también era muy, muy inteligente. ¿Acaso no lo había demostrado sacándose su título de matemáticas?

De todas formas se equivocaba, eso estaba claro, tanto en cuanto a la poesía como en lo referente a Sebastian Bartholomew.

Y ella se lo iba a demostrar, de una manera u otra.

dos

Querida Nana:

Espero que recibieras los regalos que te envié. El chal es de pura seda china y la pipa que mandé para Puddy de marfil. No te preocupes por los gastos; me alcanzó para todo con mi asignación mensual. Me voy a quedar con los Bartholomew (ya te hablé de ellos en mi última carta) y no me dejarán gastarme ni un penique. Lord Farelly insiste en pagarlo todo. Es un hombre muy bueno. Le interesan mucho las locomotoras y el ferrocarril. Dice que algún día toda Inglaterra estará conectada mediante las vías ¡y que se podrá salir por la mañana de Brighton y al final del día estar en Edimburgo!

A mí me resulta bastante difícil de creer, como te lo parecerá a ti sin duda, pero eso es lo que él dice.

Nicola hizo una pausa para releer, mordiendo pensativa el extremo de la pluma, lo que ya llevaba escrito.

Nana no era, por supuesto, su abuela auténtica. Nicola

no tenía abuelos, puesto que a todos se los había llevado la gripe antes incluso de que ella naciera. Dado que su único pariente vivo, lord Renshaw, no tenía ni el interés ni el conocimiento necesario para criar a una niña, Nicola, hasta que tuvo edad suficiente para entrar en un internado, estuvo a cargo de la esposa del administrador de la abadía de su padre, la de Beckwell. Y era a esta mujer (y a su marido, al que llamaba afectuosamente Puddy) a quien Nicola recurría en busca de cariño y consejo. Puesto que dependían, al igual que Nicola, de la pequeña renta que proporcionaban los arrendatarios de los muchos terrenos de pasto de la abadía, Nana y Puddy vivían con modestia, pero bien.

Aunque nunca tan bien como llevaba Nicola viviendo el último mes. Los Bartholomew resultaron ser tan ricos como Phillip Sheridan había dicho..., tal vez incluso más.

Pero lo que Phillip no había mencionado, puesto que no podía saberlo, era que los Bartholomew eran también generosos, casi demasiado. Bastaba con que Nicola expresara el más mínimo deseo y de inmediato se hacía realidad. Había aprendido a ahogar sus exclamaciones ante sombreros o chucherías en las muchas tiendas que Honoria y ella frecuentaban, porque sin excepción acababa siendo propietaria de cualquier objeto que hubiera admirado. No podía permitir que aquellas buenas personas siguieran comprándole regalos..., sobre todo porque no tenía manera de devolverles el favor.

Además, Nicola en realidad no necesitaba vestidos o sombreros nuevos. La necesidad, en la forma de su limitada renta, la había forzado a convertirse en una habilidosa y creativa costurera. Había aprendido ella sola a arreglar un vestido viejo con unas mangas o un volante nuevo, hasta que parecía que acababa de salir de una tienda de moda parisina. Y era una sombrerera casi tan buena como cualquiera de la ciudad. Había convertido más de un sombrero pasado de moda en un complemento con mucho estilo añadiéndole con arte una rosa de seda aquí o una cereza artificial allá.

Mientras leía la carta Nicola se preguntó si no debía añadir algo acerca del dios. Le parecía una buena idea, puesto que era muy posible que Sebastian Bartholomew interpretara un importante papel en sus vidas, si las cosas seguían el curso que llevaban. Puesto que había crecido casi por completo sin compañía masculina, Nicola sabía muy poco de los hombres, pero tenía toda la impresión de que el hermano de Honoria había sido de lo más atento con ella. Escoltaba a las chicas a casi todas partes, excepto cuando estaba con sus propios amigos, entusiastas del juego y los caballos como la mayoría de los jóvenes (con la posible excepción de Nathaniel Sheridan, demasiado ocupado administrando las muchas fincas de su padre para distraerse con alguna partida de *whist* o de billar).

Y lo que era más emocionante: el dios era siempre el primero en pedir un baile a Nicola en cualquiera de las fiestas a las que asistían. A veces incluso le pedía dos bailes en la misma velada. Tres bailes con un caballero al que no estuviera prometida hubiese sido, por descontado, un escándalo, de manera que no había ninguna posibilidad de que se diera el caso.

En tales ocasiones, por supuesto, a Nicola se le henchía el corazón de gozo y le parecía imposible que pudiera existir en todo Londres persona más feliz que ella. Era increíble, pero parecía que de hecho había logrado lo que se proponía, es decir, impresionar al joven vizconde de Farnsworth (aquél era el título de lord Sebastian, que conservaría hasta que muriese su padre, momento en el cual asumiría el título de conde Farelly) con su ingenio y su encanto. Nicola no hubiese sabido decir cómo lo había logrado (y además sin la ayuda de maquillaje alguno), pero no era probable que hubiera malinterpretado las señales: el dios la admiraba, por lo menos un poco. Suponía que su pelo, que con la ayuda de Martine ahora llevaba siempre recogido, había contribuido al resultado.

Lo único que Nicola necesitaba para que su felicidad fuera completa era que el dios le propusiera matrimonio. Si lo hacía (no, cuando lo hiciera), ella ya tenía decidido decir que sí.

Pero, en el fondo, la duda de que tal proposición pudiera no llegarse a materializar no la abandonaba. Al fin y al cabo, no era rica. No tenía a su favor nada más que su rostro, de pasable belleza, y un exquisito buen gusto en el vestir. Un hombre apuesto, de fortuna e importancia, muy raramente pedía la mano de una joven sin dinero como Nicola, ni siquiera si la joven en cuestión provenía de buena familia y contaba con una educación impecable. Casarse por amor estaba muy bien pero, como solía recordarles madame, morirse de hambre no es muy agradable. Los jóvenes que no se casaban siguiendo las instrucciones de sus padres solían encontrarse desheredados y sin un penique. Y no era cierto en absoluto que pudiera vivirse sólo de amor. Al fin y al cabo el amor no llevaba pan a la mesa ni carne a la despensa.

Pero en cuanto a posibles objeciones paternas en lo referente a la boda entre el dios y ella, Nicola se sentía segura. Lord y lady Farelly parecían tenerla en gran estima. Vaya, si en el poco tiempo que llevaba viviendo con ellos ya parecían considerarla una segunda hija. La incluían en todas las conversaciones familiares e incluso en ocasiones dejaban de dirigirse a ella con el formal «señorita Sparks» y la llamaban simplemente Nicola.

No, si lord Sebastian consideraba apropiado declararse, Nicola no preveía dificultad alguna en ese frente. Pero ¿se declararía? ¿Desearía casarse con una muchacha que era bonita pero no hermosa, una joven que apenas acababa de obtener permiso para recogerse el cabello, una huérfana que sólo poseía una pequeña propiedad en Northumberland y un amplio conocimiento acerca de los poetas románticos?

Tenía que declararse. ¡Tenía que pedírselo! Nicola estaba tan segura de ello como de que una mujer pelirroja vestida de ocre era una abominación.

En realidad el único nubarrón en la soleada existencia de Nicola era Nathaniel Sheridan, que aprovechaba la más mínima oportunidad que surgía (y surgían muchas, puesto que los dos solían coincidir en bailes y reuniones) para burlarse de ella e incordiarla a propósito de lord Sebastian.

Pero Nicola decidió apartar a Nathaniel de sus pensamientos mientras redactaba la carta, en la que sólo hacía hincapié en los muchos méritos del dios (a quien se refería correctamente como lord Sebastian; sólo en sus muchas conversaciones privadas con Eleanor, a la que veía con agradable regularidad, lo llamaba por aquel sobrenombre), para que cuando más tarde escribiera para contarle a Nana su compromiso (y por favor, rezó, ¡tenían que comprometerse!), la mujer no se llevara una sorpresa.

Justo mientras describía la divina habilidad del dios para el baile, el mismísimo lord Sebastian entró en la sala. Nicola se apresuró a esconder bajo un pliego de papel la carta que estaba escribiendo.

—Buenos días, madre —saludó Sebastian, agachándose para besar a lady Farelly, que estaba sentada también escribiendo cartas y llevaba una preciosa bata de satén azul que, según calculó Nicola con ojo experto, debía de haber costado por lo menos tanto como uno de los nuevos caballos de caza de lord Farelly, del que el caballero estaba no poco orgulloso—. Me voy a Tatt's a ver a un hombre para hablar de un caballo. ¿Quieres que te traiga algo?

Lady Farelly emitió un ruidito distraído. Estaba muy ocupada con sus cartas. En su caso eran cartas de disculpa para declinar algunas de las muchas invitaciones que Honoria había recibido a bailes y entretenimientos. Una muchacha que acababa de ser presentada en sociedad sólo podía asistir a veinte eventos como máximo a la semana, y tenía que escoger con un cuidado exquisito aquellos a los que asistiría. Una fiesta equivocada podía tener como consecuencia la relación con un grupo de personas poco convenientes, relación de la que una debutante corría el riesgo de no recuperarse jamás.

Una vez cumplido su deber con su madre, el dios prestó atención a su hermana y a Nicola. Con Honoria no mantenía la relación burlona que compartían Nathaniel y Eleanor Sheridan. Muy al contrario, el vizconde era indefectiblemente cortés con su hermana, un comportamiento que Nicola juzgaba de todo punto apropiado para un dios.

—¿Y en qué se entretendrán las damas esta tarde? —quiso saber, aunque la pregunta parecía más bien dirigida a Nicola.

A pesar de todo fue Honoria quien contestó, mientras hojeaba perezosamente el *Lady's Magazine*. A Honoria no le gustaba escribir cartas y, como era una joven bastante estirada, tampoco tenía nadie a quien escribir, puesto que, aparte de Nicola, no había hecho ninguna amistad en el internado (aunque Nicola sabía que su actitud estirada era sólo para disimular su espantosa timidez, surgida de la inseguridad que lady Honoria sentía por su aspecto un tanto caballuno).

—Tenemos la fiesta en el jardín de Stella Ashton —comentó Honoria aburrida—. Luego la cena y luego iremos a Almack's.

—Por supuesto —repuso el dios—. Es miércoles. Se me había olvidado. —Sonrió a Nicola, que seguía sentada con lo que ella esperaba que fuera una expresión serena, ante el escritorio del que se había apropiado, junto a la ventana con vistas al jardín. Esperaba que lord Sebastian no advirtiera cómo le martilleaba el corazón al verlo, tan guapo con su fular blanco inmaculado y su abrigo verde de caza—. Me gustaría que nos saltáramos el baile de Almack's esta vez, pero supongo que es demasiado pedir. Me parece que estoy bastante cansado de las salas atestadas de gente. Me apetece tomar un poco de aire fresco, para variar.

Nicola se alegró de oír esto, puesto que a ella tampoco le agradaban demasiado las salas de baile llenas de gente.

—«Hay placer en los bosques sin senderos; hay éxtasis en las costas desiertas; hay una sociedad, en la que nadie nos importuna, junto al mar profundo, y música en su rugido.»

Pero el dios, en lugar de concluir con el último verso del poema, «No amo menos al hombre, sino más a la naturaleza», exclamó impresionado:

—¡Pero esto es magnífico! ¿Se lo acaba de inventar?

Nicola contestó con una ligera, ligerísima punzada de decepción:

—No. Es de lord Byron.

—¿Ah, sí? —Lord Sebastian, con actitud sumamente

despreocupada, tomó una manzana de un frutero cercano y la mordió ruidosamente—. Pues es justo lo que yo siento. La semana pasada había una aglomeración espantosa en Almack's. ¿No podemos pasar por esta vez?

Lady Farelly alzó la vista horrorizada.

—¿Después de lo que nos ha costado conseguir las invitaciones? ¡Desde luego que no! —Y con esto volvió a sus cartas.

El dios suspiró y guiñó un ojo a Nicola.

—En fin. Supongo que sobreviviré si me hace usted el favor de prometerme el primer y el último baile, señorita Sparks.

Nicola se sonrojó. Toda su decepción por la ignorancia de lord Sebastian acerca de los poetas románticos se evaporó en un instante gracias al placer que le causaba su petición.

—Si así lo desea... —fue todo lo que dijo, con un recato que hubiese complacido a madame Vieuxvincent.

Lord Sebastian se marchó sonriendo a Tattersalls, el mercado de caballos, y Nicola, muy contenta, volvió a su carta. ¿Por dónde iba? Ah, sí, estaba describiendo al dios. ¿Cómo podía hacer justicia a aquellos preciosos ojos y a su fácil sonrisa? Iba a ser difícil. Dudaba que ni siquiera lord Byron hubiese podido lograrlo.

Curiosamente, Nicola encomiaba concienzudamente las virtudes del dios en su carta a sus seres queridos de la abadía de Beckwell cuando entró en el salón el mayordomo de lord Farelly para anunciar la visita de otros dos personajes que en ese preciso momento estaban esperando para verla en otro salón, y para los cuales Nicola también tenía apodos: su primo, lord Renshaw *el Gruñón*, y su hijo el Gallina.

Nicola hizo una mueca y dejó la pluma. Lord Renshaw

y su heredero eran las últimas personas a las que deseaba ver. Aun así no tenía más remedio que conceder un momento o dos a sus únicos parientes vivos, primos al fin y al cabo, por muy lejanos que fueran.

De modo que se alisó el vestido y se atusó el peinado antes de acudir al salón con los hombros hacia atrás y la cabeza bien alta, tal como madame enseñaba a todas sus pupilas. Una dama, desde luego, jamás andaba encorvada, ni adoptaba una actitud poco complacida cuando recibía visitas, por mucho que detestara a los visitantes.

—Lord Renshaw —saludó, tendiendo las manos hacia el caballero larguirucho y atildado que aguardaba junto a la espléndida chimenea de mármol—. Qué alegría verle.

Norbert Blenkenship (ahora lord Renshaw gracias al padre de Nicola, que había legado su título a su único pariente vivo, aunque toda la propiedad que acompañaba al título la heredara Nicola) no había sido bendecido al nacer ni por la fortuna ni por la naturaleza. El primer inconveniente lo había resuelto casándose, por algún milagro del destino, con una heredera que, al darse cuenta de lo que había hecho, había tenido el sentido común de morirse. Nicola siempre había supuesto, muy poco caritativamente, que la pobre mujer se despertó una mañana, echó un buen vistazo a su esposo y expiró sin demora. En cualquier caso, había dejado a su poco atractivo marido la totalidad de su fortuna, con la excepción de lo que se había dispuesto para su único hijo, Harold.

El auténtico misterio, por supuesto, era por qué la pobre mujer había elegido a Norbert Blekenship. Lord Renshaw era notablemente antiestético. Nicola, en los dieciséis años que hacía que le conocía, jamás le había visto sonreír. Ni siquiera una vez. Sus finos labios parecían permanentemente fruncidos en una mueca de desagrado, y tendía a vestir con los colores sombríos de un enterrador aunque su esposa había muerto hacía ya tiempo, varios años antes de que naciera Nicola. Eso y sus constantes quejas sobre cualquier cosa, desde su salud hasta el estado del imperio, le habían valido el sobrenombre que le puso Nicola: el Gruñón.

—Nicola —dijo el Gruñón, sombrío, dándole en los dedos un casi inexistente apretón antes de soltarlos—. Ya veo que tienes buen aspecto... excepto por las pecas. Una lástima. Deberías tener más cuidado. El sol puede dañar permanentemente el cutis. Aun así, deberías considerarte afortunada puesto que no has sucumbido, como yo, a la fiebre palúdica que está asolando esta desdichada ciudad.

Como para dar énfasis a sus palabras, el Gruñón se sacó del bolsillo del chaleco un pañuelo grande de lino y se sonó con estrépito. Nicola se arrepintió de haberle tocado las manos un momento antes, puesto que sin duda habían pasado mucho tiempo recientemente en la cercanía de sus narices.

Mientras lord Renshaw sufría el ataque de fiebre palúdica, Nicola se volvió hacia su hijo, Harold Blenkenship (o el Gallina, como Nicola prefería llamarle, aunque nunca en su cara, por supuesto). Harold, un dandi de primera clase, se empeñaba en vestirse como dictaba la moda más fina y moderna, por muy mal que la ropa pudiera sentarle, aunque tampoco se cuidaba de mejorar su mente, muy dada a la actitud taciturna y huraña. Ese día el Gallina llevaba un chaleco de terciopelo de un extraordinario color verde, con los pantalones a juego. Tenía un aspecto absolutamente espantoso. Pero Harold no parecía darse cuenta. Se estaba acicalando frente a un espejo al otro lado de la sala.

—Buenos días, Harold —saludó Nicola—. ¿Cómo te encuentras hoy?

El Gallina dejó de inspeccionarse un momento para darse la vuelta y, en cuanto vio a su prima, se detuvo tan de sopetón como si hubiera recibido un golpe. Nicola tardó un instante en darse cuenta de lo que le había sobresaltado tanto. Estaba acostumbrado a verla con trenzas. Era la primera vez que el Gallina la veía con el peinado propio de una dama. Parecía a punto de desmayarse de la impresión. A Nicola no le hubiese extrañado. Una vez, cuando estaba de visita en la abadía de Beckwell, el Gallina se había desmayado al ver a una ternera de dos cabezas que acababa de nacer en una de las granjas vecinas. Aunque Nicola sólo tenía seis años en aquella época, había encontrado el comportamiento de su primo desmoralizador en extremo, y le había bautizado secretamente como el Gallina mientras él yacía gimiendo entre el heno y el barro del establo, hasta que el granjero McGreevy le tiró en la cabeza un cubo de agua del abrevadero para reanimarlo.

—Ni-Nicola —balbuceó el Gallina ahora, mirándola como si ella también tuviera dos cabezas—. No... no...

Puesto que parecía muy poco probable que Harold fuera a decir nada coherente, Nicola se volvió hacia su tutor.

—Le aseguro que estoy encantada de verle, lord Renshaw —dijo con cortesía—, pero tengo que salir en breve para asisitir a una fiesta. —Eso era mentira, dado que la fiesta no empezaría hasta al cabo de varias horas, pero puesto que Nicola suponía que el Gruñón no había sido invitado a una fiesta en su vida, dudaba de que supiera a qué hora solían comenzar—. ¿A qué debo el honor de esta visita?

Lord Renshaw había guardado ya el pañuelo y carraspeó varias veces antes de contestar.

—Ah, sí. Sí. En fin, verás, Nicola, es que ha sucedido algo maravilloso.

—¿Ah, sí? —Nicola alzó las cejas y miró primero a lord Renshaw y luego a su heredero. No podía imaginar qué clase de suceso consideraría el Gruñón maravilloso, pero teniendo en cuenta lo espantosamente aburrido que era, suponía que iba a decirle que había rebajas de lana merino en Grafton House o algo parecido—. ¿Y de qué se trata, milord?

Y entonces lord Renshaw hizo algo tan impropio de su carácter que Nicola, de la impresión, se olvidó de mantener los hombros en posicón y la cabeza alta. Y todo porque, por primera vez en todos aquellos años, el Gruñón sonrió.

—Hemos recibido una oferta, querida. —La sonrisa no era muy lograda. Era la sonrisa de una marioneta, como si alguien estuviera tirando de unos hilos invisibles unidos a las comisuras de su boca, torciéndolas hacia arriba en lugar de hacia abajo. De hecho, era una sonrisa bastante aterradora. Nicola hubiera deseado que el Gruñón no la hubiera intentado esbozar siquiera.

Aun así, preguntó:

—¿Una oferta, señor? ¿A qué se refiere usted?

—Pues hablo de una oferta por la abadía, por supuesto. —La sonrisa, para horror de Nicola, se hizo más ancha—. Una oferta para comprar Beckwell.

tres

—La abadía de Beckwell no está en venta.

Eso era lo que le había dicho Nicola a su tutor como respuesta a la extraordinaria declaración de que había recibido una oferta por su abadía. Beckwell no estaba en venta.

Era una contestación rotunda. Pensando en ello mientras bailaba con el dios aquella tarde en Almack's, Nicola no se podía imaginar una respuesta más clara. La abadía de Beckwell no está en venta. Punto final.

Pero, por supuesto, no había sido tan sencillo, porque el Gruñón había insistido e insistido, asegurando que Nicola estaba loca por no considerar siquiera la oferta. Porque la abadía era una vieja casona llena de rincones y bastante ruinosa que no podía disimular lo vieja que era y que tenía la mala fortuna de estar situada a sólo quince kilómetros de Killingworth, un pueblo donde habían descubierto carbón y en el que ahora había una mina sobre la que flotaba una bruma gris incluso los días despejados. Nicola jamás tendría una oferta mejor por la abadía, puesto que ésta de doce mil libras era generosa en extremo.

Pero a pesar del deterioro y de la desafortunada proximidad de la mina de carbón, la abadía de Beckwell era el hogar no sólo de Nicola, sino también de Nana y Puddy y de media docena de arrendatarios.

—Te ofrecen doce mil libras, Nicola —explicó el Gruñón con emoción (o tan emocionado como podía el Gruñón, que no era mucho)—. ¡Doce mil libras!

Doce mil libras eran, por supuesto, una cuantiosa suma de dinero, teniendo en cuenta que Nicola apenas contaba con cien libras al año para vivir. Podría, como se apresuró a señalar el Gruñón, vivir cómodamente el resto de su vida sólo con los intereses de las doce mil libras, si se invertían bien.

Pero lord Renshaw estaba pasando por alto lo más importante: la abadía de Beckwell no estaba en venta. Ni tampoco, añadió Nicola, los terrenos en los que se alzaba. Los granjeros dependían de que Nicola les arrendara las tierras para sus ovejas. ¿Dónde iban a pastar los pobres animalitos si no tenían acceso a los campos de la abadía?

—¿Ovejas? —gritó el Gruñón—. Pero ¿a quién le importan las ovejas? Eres una insensata. ¡Estamos hablando de doce mil libras!

Nicola, a quien no le agradaba que la llamaran insensata en la cara, no lograba entender qué tenía que ver con el Gruñón su decisión de vender o no la abadía. Él, desde luego, no disfrutaría de los beneficios, puesto que la propiedad era de Nicola. En cualquier caso, le explicó con suma cortesía (madame insistía en que la cortesía era esencial en las conversaciones, sobre todo en las que se mantenían con personas desagradables) que no tenía la más mínima intención de vender, y que podía transmitir al posible comprador sus más sinceras disculpas.

Decir que la furia del Gruñón por esta declaración fue

extrema era quedarse corto, tanto como al decir que esa noche en Almack's estaban como sardinas en lata. Nicola llegó a pensar que su tutor la abofetearía. Lo escuchó despotricar un rato y luego dejó de prestar atención para pensar en lord Sebastian y sus ojos azules como huevos de petirrojo. Era muchísimo más agradable pensar en el dios que en el Gruñón.

—Parece distraída, señorita Sparks.

Aquella voz profunda apartó a Nicola de sus pensamientos. Alzó la vista y se encontró mirando los mismísimos ojos que tanto se había esforzado por describir esa mañana durante su desagradable entrevista. ¡Por todos los santos! Esa mañana, mientras hablaba con el Gruñón, sólo lograba pensar en el dios, y ahora que estaba por fin bailando con el dios, sólo alcanzaba a pensar en el Gruñón. Aquello era malsano.

—Lo siento —se disculpó mientras esperaban para recorrer la hilera de los bailarines situados a cada lado de ellos—. Estaba pensando en mi tutor. Esta mañana me ha dicho que alguien quiere comprar la abadía de Beckwell.

—Bueno, eso está muy bien —contestó el dios. Estaba mirando la sala; evidentemente había olvidado sus anteriores reparos, eso de que ansiaba un poco de aire fresco, puesto que parecía disfrutar muchísimo a pesar de lo concurrido que estaba el baile—. ¿No es cierto?

Nicola no se encogió de hombros porque hubiese sido impropio de una dama.

—No veo por qué —contestó.

—Bueno... —El dios tendió el brazo, puesto que les había llegado el turno de avanzar—. Si la oferta no es lo bastante buena, debe rechazarla sin vacilar. Como el caballero que había hoy en Tatt's. Pretendía venderme un caballo que, según él, estaba muy bien, pero hasta un ciego hubiese visto que flojeaba de los cuartos traseros.

Nicola intentó decirle que el problema no era que la oferta no fuera buena, sino que se trataba de una cuestión de principios. Pero por lo visto el dios no era capaz de mantener una conversación profunda mientras se concentraba en una cuadrilla, puesto que parecía algo perplejo. Sólo más tarde, cuando vio que Eleanor entraba en el salón con su familia, pudo Nicola compartir sus preocupaciones con alguien capaz de ofrecerle una cierta comprensión.

—¡Pero, Nicky! ¡Qué horror! —exclamó Eleanor—. ¿Y también estaba el Gallina? ¿Qué llevaba?

—Terciopelo verde *chartreuse* —contestó Nicola, y tuvo que esperar con paciencia a que su amiga terminara de reírse antes de proseguir—. Es que no lo entiendo.

—Sí, desde luego. El verde *chartreuse* no le sienta bien a nadie.

—No, no me refiero a eso, sino a la abadía. ¿Por qué iba a querer alguien comprar Beckwell? No tiene sentido.

—Aun así, doce mil libras... —Eleanor movió la cabeza—. Es muchísimo dinero, ¿no, Nicky?

Nicola miró a su amiga horrorizada.

—*Et tu, Brute?* —exclamó.

Pero Eleanor se limitó a mostrarse perpleja.

—¡Ay, Eleanor! Es de *Julio César*, ¿no te acuerdas? ¡Pero si lo estudiamos el último trimestre!

Eleanor negó con la cabeza.

—¿Cómo puedes hablar de emperadores romanos en un momento así? Con doce mil libras podrías comprarte guantes nuevos durante años y años, Nicky.

En ese momento el dios se acercó con dos copas de ponche y tendió una a Nicola.

Nicola, advirtiendo la mirada de felicitación de Eleanor, se limitó a sonreír y beber un sorbo. No debería sentirse tan mal, pensó. Al fin y al cabo estaba bebiendo ponche con el hombre más guapo de la sala.

A pesar de todo era un poco desgradable que nadie, pero nadie, la comprendiera. «Supongo que me estoy comportando como una niña —se dijo—. Es verdad que yo necesito el dinero más que las ovejas la hierba. Y siempre podría utilizar parte de esas doce mil libras para enviar a Nana y Puddy a algún lugar confortable.»

De pronto Eleanor lanzó una exclamación de sorpresa y le dio un codazo en las costillas, con lo que casi consiguió que Nicola derramara el ponche sobre la camisa blanca del dios.

—¡Mira! —susurró Eleanor, mirando al otro lado de la sala con expresión horrorizada—. ¡Ha venido!

Nicola, suponiendo que se refería al príncipe de Gales puesto que no podía referirse al dios, que estaba con ellas, se llevó la mano al pelo para comprobar que seguía teniendo las cintas en su sitio. Sabía que no sería nada apropiado conocer al príncipe de Gales con las cintas del pelo medio caídas. ¡Ay, si por lo menos hubiera podido disponer de un poco de maquillaje! Las pecas acabarían arruinándole la vida.

Pero entonces vio que quien se aproximaba abriéndose paso a codazos no era ni mucho menos un príncipe.

—¡Vaya por Dios! —exclamó irritada. Porque el Gallina se acercaba a ellas a toda velocidad.

De manera espontánea, su mente retrocedió unas cuantas horas al momento en el que el Gruñón se había marchado furioso del salón de lord Farelly envuelto en una densa nube de desaprobación, dejándola a solas con su odioso hijo.

El Gallina, que pareció recuperar el uso de la palabra

después de haberlo perdido al ver a Nicola sin trenzas, preguntó en tono empalagoso:

—¿Vas a ir a Almack's esta noche?

—Por supuesto —contestó ella algo sorprendida. El Gallina rara vez se había dignado a dirigirle la palabra después del incidente en el establo. De hecho, era la primera vez en nueve años que Nicola recordaba haberle oído decir otra cosa que no fuera hola y adiós.

Pero su perplejidad fue cien veces mayor cuando el Gallina inquirió, con una sonrisa que sin duda alguien le había dicho que era encantadora pero que a Nicola le pareció de lo más sospechosa:

—¿Reservarás entonces el primer baile para tu primo?

Nicola estuvo muy a punto de preguntar «¿qué primo?», puesto que tardó un instante en darse cuenta de que Harold se refería a sí mismo. ¡El Gallina! El Gallina, que jamás la había mirado con otra expresión que no fuera de desdén y desaprobación por lo que él llamaba sus modales de marimacho (puesto que Nicola, en su infancia, demostraba un enorme entusiasmo por chapotear en el barro y trepar a los árboles), ¡ahora le pedía un baile! ¿Qué fiebres le habrían consumido para que considerase ni siquiera un instante bailar con Nicola, a la que siempre había despreciado sin disimulo, sobre todo después de que fuera testigo de su famoso desmayo?

—Ah, pues... eh... —balbuceó, incapaz de contestar. No estaba acostumbrada a que ningún jovenzuelo odioso le pidiera un baile horas y horas antes del evento—. Lo siento mucho, Harold. Pero ya tengo reservado el primer baile de esta noche.

Harold pareció entonces algo inseguro de sí mismo. Por lo visto había esperado que Nicola aceptara agradecida la posibilidad de bailar con un joven tan bien vestido y elegante como él. ¿Qué mujer no se hubiera sentido halagada?

Pero se recobró lo suficiente para insistir:

—¿El último baile, entonces?

Que el Señor bendijera al vizconde. Era de verdad un dios.

—Pues qué mala suerte, Harold —contestó Nicola con una amable sonrisa—, porque ése también lo tengo reservado.

Al rostro de hurón del Gallina asomó una expresión que ella no logró reconocer, tal vez porque era la primera vez que la veía en la cara de su primo. Resultó ser determinación.

Debería haber intuido cuál sería la siguiente pregunta, pero el caso es que se sorprendió al oírla. Para ser un gallina, su primo era terriblemente pertinaz.

—¿El Sir Roger, entonces? —preguntó con fingido desenfado.

Nicola no se lo podía creer. ¡Le había tendido una encerrona! Porque si ella sostenía tener también pedido el Sir Roger de Coverley (una alborotada danza que era de rigor en los bailes de toda Inglaterra e incluso, suponía ella, en los del continente) y luego acababa sin pareja, como pasaba de vez en cuando, Harold averiguaría que le había mentido. Nicola no tuvo más remedio que contestar:

—Estaré encantada, Harold.

Y ahora su primo se acercaba a reclamar su mano para el Sir Roger, cuyos primeros compases ya tocaba la orquesta.

Y aunque se había quitado el terciopelo verde y vestía un traje de buen corte, el traje en cuestión estaba teñido de un espantoso tono berenjena que no hacía sino acentuar la palidez de su piel lechosa.

—¡Ay, pobrecita! —oyó susurrar a Eleanor, antes de que el Gallina se les acercara como un petimetre.

—Nicola —comenzó, inclinándose demasiado ante ella, tanto que casi dio con la cara contra las rodillas de sus pantalones morados—. Estás excepcionalmente hermosa esta noche.

Nicola notó que le ardían las mejillas, y no por el calor que pudiera hacer en la sala.

—Buenas tardes, Harold —contestó, deseando haber llevado las trenzas esa mañana, aunque sólo fuera por una vez, y no el pelo recogido. Estaba convencida de que en tal caso jamás hubiese dado pie a la nueva actitud de Harold hacia ella.

Se sintió además bastante humillada al ver que el dios contemplaba al Gallina con un ligero alzamiento de cejas y una expresión incrédula, como si no supiera bien qué pensar del joven del traje púrpura. Claro que Nicola no se lo podía reprochar. Ella misma no había llegado a saber nunca a ciencia cierta qué pensar de Harold.

—¿Bailamos? —preguntó el Gallina, tendiendo una mano casi tan pálida y delgada como la de Nicola.

Como madame Vieuxvincent había enseñado a sus pupilas, una dama siempre acepta lo inevitable con elegancia, de manera que Nicola, cerrando los ojos porque si los mantenía abiertos no hubiese podido soportarlo, alzó la mano también hacia la de su primo...

Y notó que la agarraban unos dedos demasiado cálidos y seguros para ser los de Harold.

Abrió enseguida los párpados y se encontró mirando los claros ojos avellana de Nathaniel Sheridan.

—Nicky —dijo el hermano de Eleanor reprobador—. No te puedo dejar sola un segundo sin que concedas a otro los bailes que tenía yo reservados, ¿eh?

Nicola se había quedado tan sorprendida que no pudo ni contestar en aquel momento. ¿De qué estaba hablando Nathaniel? ¿Qué bailes tenía reservados? Él no le había pedido ningún baile.

El Gallina parecía tan desconcertado como Nicola.

—La señorita Sparks me prometió el Sir Roger esta mañana, señor —gimoteó indignado mirando a Nathaniel, que le sacaba más de una cabeza y media de altura.

—¿Ah, sí? Pues la señorita Sparks me lo prometió a mí la semana pasada —repuso el hermano de Eleanor.

Y sin una palabra más se llevó a Nicola a la pista de baile, donde se unieron a otras parejas.

Nicola tardó un momento en recuperarse lo suficiente para preguntarle a Nathaniel qué se creía que estaba haciendo, interrumpiendo a su primo de aquella manera. Las anfitrionas de Almack's eran mucho más estrictas que madame Vieuxvincent y no tolerarían ninguna clase de comportamiento desagradable en sus invitados, y mucho menos problema alguno en lo referente a los bailes y las parejas de baile.

Pobre de la joven que accediera a bailar un vals, el atrevido baile nuevo del continente, sin el permiso directo de una de las anfitrionas. Y pobre de la joven de la que se quejara un caballero por haberle sido negado un baile prometido. Si el Gallina le decía algo a alguien, Nicola tendría muchísimos problemas.

—No te pongas tan nerviosa —fue todo lo que dijo Nathaniel—. ¡Como si hubieras querido bailar con él! Vaya, si con ese color que lleva parece tal cual una uva.

—Aun así —replicó Nicola enfadada—. No tenías ningún derecho a...

—Ya veo que vivir con los Bartholomew no ha contribuido mucho a suavizar tus modales —prosiguió Nathaniel sin hacerle ningún caso.

—Podría crearme muchos problemas si...

—Pues yo no te he oído protestar demasiado —señaló Nathaniel, y Nicola se vio obligada a admitir que eso, por lo menos, era cierto. Antes que bailar con el Gallina era preferible bailar con cualquiera, incluso con alguien que odiara la poesía como Nathaniel Sheridan.

»Además, él no se lo va a decir a nadie —aseguró Nathaniel tajante.

Nicola miró por encima del hombro a su primo, que estaba refunfuñando en un rincón de la sala.

—¿Cómo lo sabes? No me digas que también Harold estaba en tu colegio mayor de Oxford.

Nathaniel sonrió y a Nicola la perturbó advertir que, cuando sonreía, era casi tan guapo como el dios. Fue un descubrimiento de lo más desagradable, puesto que estaba decidida a odiar al hermano de Eleanor por su actitud negativa hacia lord Byron..., por no mencionar su desprecio por los remeros.

—Desde luego que no —replicó Nathaniel—. Digamos que conozco a los de su clase.

Nicola pensó que la clase a la que pertenecía el Gallina saltaba a la vista por cómo se estaba comportando en aquel preciso momento.

Se había acercado enfurruñado a una mesa de refrescos y se estaba metiendo en la boca tantos pasteles como le cabían, sin dejar de mirar sombrío a Nicola. Era justo lo que solía hacer cuando eran mucho más pequeños y Nicola se negaba a jugar con él, debido a su tendencia a la pataleta cada vez que ella le vencía en algún juego. Sólo que en aquel entonces se atracaba del famoso pastel de jengibre de Nana.

—¿Cómo has caído en la trampa de aceptar bailar el Sir Roger con Harold Blenkenship? —quiso saber Nathaniel.

Olvidando que estaba enfadada con él porque desdeñaba la poesía, Nicola se encontró contándole a Nathaniel (cada vez que el baile les permitía acercarse lo suficiente para mantener una conversación) la entrevista con el Gruñón de aquella mañana.

—No irás a vender la abadía, ¿verdad? —preguntó Nathaniel en un momento en que estaban uno frente al otro en la formación del baile.

A pesar de su antipatía hacia él, Nicola le hubiera dado un beso. Era la primera persona que reaccionaba como ella a la oferta de compra.

Aunque, por supuesto, no podía dar rienda suelta a su impulso. En primer lugar, hubiese sido un escándalo enorme que la vieran besando a alguien en Almack's. Y en segundo lugar, Nicola estaba enamorada de Sebastian Bartholomew, a quien seguramente no le gustaría nada verla besando a otra persona. Por lo menos, eso esperaba ella.

—Pues claro que no —contestó indignada—. Yo no vendería nunca. Ni siquiera por doce mil libras.

—Probablemente por eso te dejó tu padre la propiedad —comentó Nathaniel—. No quería que parcelaran la tierra, y sabía que tu tío no tendría escrúpulos en hacerlo.

—No es mi tío —replicó Nicola, por la fuerza de la costumbre.

Pero Nathaniel tenía razón. Era bastante inusual dejar en herencia sólo el título al heredero, sin tierras. ¿Sería ésa la causa del curioso testamento del padre de Nicola? Sí, tal vez no confiaba en su primo Norbert. Claro que no se le podía reprochar: Nicola tampoco se fiaba de Norbert Blenkenship.

—La verdadera cuestión —prosiguió Nathaniel—, es por qué alguien está dispuesto a pagar tanto dinero por lo que, según me has contado, es una propiedad bastante poco atractiva.

—Eso es cierto. La abadía no tiene mucho de encomiable. —Luego, con otra oleada de irritación, añadió—: La verdad es que es inhumano que el Gruñón espere que yo venda. La abadía de Beckwell es lo único que tengo.

Nathaniel, que no había recibido una educación en el colegio de madame Vieuxvincent, no tuvo ningún recato en encogerse de hombros.

—Es algo más que eso, ¿no? Es tu hogar.

Era cierto. Beckwell era su hogar. Nicola no había conocido otro. Le había gustado mucho vivir en el internado de madame Vieuxvincent y le encantaba visitar a los Sheridan. Y desde luego era muy agradable vivir con los Bartholomew. Pero la abadía de Beckwell era, y sería siempre, su hogar.

—«He viajado entre hombres extraños, por tierras más allá del mar; ¡Inglaterra! ¡No supe hasta entonces el amor que te profeso!» —recitó Nicola con emoción.

Nathaniel pareció molesto.

—¿Sería mucho pedir que nos olvidáramos de Wordsworth durante el Sir Roger?

Nicola, aunque hizo un gesto altanero con la cabeza al oír esto, no pudo evitar pensar, con una punzada, que aunque Nathaniel aseguraba despreciarlos, por lo menos conocía a los poetas...

Que era más de lo que podía decirse, según comenzaba Nicola a sospechar, de lord Sebastian.

Pero entonces terminó el Sir Roger y el dios vino a reclamar su último baile. Y ante los hermosos ojos azules de lord Sebastian, Nicola olvidó sus pensamientos desleales. Al fin y al cabo no sin motivo le había apodado el dios.

cuatro

—¡Papá! —exclamó lady Honoria Bartholomew, brincando un poco en el asiento del carruaje (algo que habría encontrado deplorable madame Vieuxvincent, muy estricta en lo referente a brincar, algo que consideraba decididamente impropio de una dama)—. ¿Adónde vamos? Dímelo, por favor.

Pero lord Farelly se limitó a sonreír.

—Si te lo digo no será una sorpresa.

Lady Honoria soltó un gritito de desesperación (madame Vieuxvincent tenía también una mala opinión sobre las damas que gritaban por todo lo que no fuera un ratón) y se volvió hacia Nicola, que iba sentada a su lado.

—¿No te parece desesperante? —preguntó—. ¿Tú no te mueres de ganas de saber adónde vamos?

Nicola se limitó a sonreír mientras daba vueltas a su parasol de encaje (madame nunca había dicho nada acerca de dar vueltas a las cosas), con el que se protegía del fuerte sol del mediodía.

—Desde luego.

La verdad era que estaba casi tan emocionada como

Honoria. Lord Farelly no pasaba mucho tiempo en casa durante el día. Nicola, que no recordaba a su padre y por lo tanto no sabía gran cosa sobre el tema, imaginaba que el conde estaría en su club, que era donde los nobles adinerados de Londres parecían pasar gran parte de su tiempo libre (a pesar de que Honoria le había mencionado que su padre tenía una oficina en la calle Bond, aunque no sabía muy bien a qué se dedicaba).

De manera que fue muy desconcertante que el conde apareciera antes del almuerzo para anunciar que tenía una sorpresa para todos.

Aun así, Nicola estaba dispuesta a disimular su emoción. Por lo menos no pensaba gritar, y mucho menos brincar, mientras el carruaje abierto de los Bartholomew recorría las atestadas calles de Londres en dirección a un destino todavía desconocido. La razón era que el dios iba trotando junto al faetón porque había querido aprovechar la oportunidad para que su nueva montura estirase las patas. Nicola, por lo tanto, hacía todo lo posible por parecer serena y compuesta..., hazaña no poco difícil debido al calor del verano. Aun así, el parasol ayudaba.

Y desde luego sabía que, con su segundo mejor vestido de muselina, en cuya falda se había pasado toda la semana cosiendo nomeolvides de seda azul, tenía muy buen aspecto. En el sombrero de paja blanca había cosido cintas a juego con el color de los nomeolvides. Aunque su atavío costaba una fracción del precio del de lady Honoria, Nicola sabía que parecía igual de fino y elegante. Y con todo el cuidado que había tenido en mantener la cara siempre a la sombra, incluso las pecas parecían comenzar a desvanecerse por fin.

—Vaya, ya sé adónde vamos —declaró Honoria mirando en derredor—. A la plaza Euston.

Lady Farelly, que se había unido a la excursión a regañadientes puesto que le disgustaba perderse el almuerzo y, además, tenía cita en la peluquería esa misma tarde, miró a su alrededor sin ningún entusiasmo. Para ella Londres empezaba y terminaba en Mayfair, y cualquier cosa que estuviera más allá era sencillamente una pesadez.

—Jarvis —le dijo a su marido—, espero que, dondequiera que vayamos, no haya monos. Sabes muy bien lo que pienso de los monos.

Lord Farelly se echó a reír de buena gana y le aseguró a su esposa que no tenía nada que temer.

Por fin el carruaje se detuvo en una plaza, junto a una gran multitud reunida en torno a algo que Nicola no podía ver. Pero los otros parecían saber de qué se trataba, puesto que lord Sebastian, mientras desmontaba con una carcajada, dijo:

—Buena idea, padre.

Nicola no alcanzó a ver la sorpresa hasta que se abrieron paso entre la muchedumbre Honoria y ella, escoltadas cortésmente por el dios, y con lord y lady Farelly justo detrás. En ese momento Nicola vio un espectáculo de lo más curioso.

Habían colocado en el césped unos raíles en círculo y sobre ellos una máquina monstruosa en forma de barril, con una chimenea que sobresalía en la parte superior. Atadas a la parte trasera iban varias cajas del tamaño de un carro de pony. Las cajas tenían ruedas que descansaban sobre las vías metálicas. Nicola lo reconoció por algunas fotografías que había visto.

—¡Vaya! —exclamó—. ¡Es una locomotora!

—Así es —repuso lord Farelly, encantado—. ¿Qué? ¿No es una sorpresa? ¿No te parece divertido, querida?

A juzgar por la expresión de lady Farelly, era evidente que hubiera preferido que la sorpresa fuera champán con fresas en el Vauxhall, pero logró esbozar una sonrisa.

—En extremo, querido —contestó. No era ningún secreto que lady Farelly consideraba la obsesión de su marido por las locomotoras casi tan odiosa como los monos.

Nicola, sin embargo, estaba impresionada. Nunca había visto una locomotora. Tenía entendido que utilizaban una para sacar carbón de la mina próxima a la abadía de Beckwell, pero en realidad nunca la había visto. Y ahora tenía una delante, ¡y a sólo un kilómetro del centro de Londres!

—Se llama *Voladora* —informó lord Farelly, con tanto orgullo como si la hubiera construido él mismo—. La ha montado un tal Trevithick. Y mirad —señaló—. Si queréis podéis subir. Cuesta un chelín por cabeza.

Nicola observó sin aliento a varias personas que, entre excitadas risitas, se sentaban en los pequeños carros. Un momento más tarde el motor resopló y, echando humo blanco por la chimenea y con un estrépito espantoso, empezó a tirar de los carros a lo largo de la pista. Los que iban sentados en los vagones se reían y saludaban a los que miraban entre el público. Se movían muy deprisa, más o menos a la velocidad de un caballo a trote rápido, y a medida que iban trazando el círculo, la velocidad iba aumentando.

—¡Ay, lady Farelly! ¿Podemos montar? ¿Podemos montar?

Lady Farelly la miró horrorizada.

—¡Desde luego que no! —exclamó—. ¡Qué idea tan peregrina!

Nicola, un poco molesta, señaló a las personas que iban en los vagones.

—Pero mire, lady Farelly. Hay niños y todo. Parece muy seguro.

—Pero no muy respetable.

—Dudo mucho que madame Vieuxvincent lo hubiera aprobado, Nicola —terció Honoria.

A pesar de que aquello era sin duda cierto, Nicola no pudo evitar sentirse decepcionada. La *Voladora* parecía divertidísima. Se moría de ganas de dar una vuelta.

Notando que alguien la miraba, Nicola hizo un esfuerzo por apartar la vista de la pequeña locomotora y se encontró cara a cara con el dios.

—¿De verdad quiere probarlo, señorita Sparks? —le preguntó con una expresión vagamente divertida.

—¡Ay, sí! —exclamó Nicola con vehemencia.

Lord Farelly se metió la mano en el bolsillo.

—Por fortuna, da la casualidad de que llevo unos chelines sueltos —comentó.

Lady Farelly se volvió bruscamente hacia su esposo.

—¡Jarvis! ¡No hablarás en serio!

Pero lord Farelly, con una dulce expresión de timidez, se limitó a encogerse de hombros.

—Dentro de unos años estaremos atravesando el país de punta a punta en una de estas locomotoras como si nada, Virginia —aseguró—. Es sólo cuestión de tiempo.

—Yo, desde luego, no —aseguró lady Farelly estremeciéndose.

Nicola la miró suplicante.

—Por favor. Mire, se está deteniendo. Si vamos ahora podemos subirnos para el próximo viaje.

Lady Farelly miró hacia el cielo. Por el poco tiempo que Nicola llevaba viviendo con los Bartholomew, sabía que aquello era señal de que se estaba ablandando.

—Bueno, si tanto te empeñas, supongo que no te lo puedo impedir —dijo por fin la dama, algo molesta. Luego, cuando el dios agarró a Nicola de la mano, ansioso por ponerse a la cola que ya se estaba formando para el siguiente viaje de la *Voladora*, añadió con voz chillona—: Pero si ese trasto descarrila y se estrella contra la multitud y te mata, luego no me vengas llorando.

Nicola se apresuró ilusionada (aunque sin correr, porque, por supuesto, una dama no corría jamás, por lo menos en público) a ponerse a la cola, con el dios caminando sereno a su lado. Bajo la luz dorada del sol estaba más guapo que nunca, tan guapo, de hecho, que Nicola era consciente de las miradas de envidia que le dirigían otras jóvenes de su edad..., jóvenes cuyas madres jamás les permitirían subir a bordo de la *Voladora* y que no contaban con una escolta tan deslumbrante como la suya.

«Es verdad que la vida me lleva de un lado a otro como una hoja al viento —pensó—. ¡Soy la muchacha más afortunada del mundo!»

Justo en ese momento la llamaron por su nombre y Nicola se volvió. Eleanor Sheridan estaba, junto con el resto de su familia, cerca de la cola de una locomotora.

—¡Nicky! ¿Qué estás haciendo aquí? —gritó, sorprendida de verla—. ¡No me digas que te vas a subir a ese cacharro!

—Pues sí —contestó Nicola emocionada—. Lady Farelly me ha dado permiso.

Lady Sheridan miró de soslayo a lady Farelly.

—Conque te ha dado permiso, ¿eh?

Pero la dama no añadió nada más, probablemente debido a la presencia de lord Sebastian.

—Me alegra ver que mis propios hijos no son los únicos que han perdido por completo la cabeza por este asunto del ferrocarril —se limitó a añadir.

Nicola sonrió al joven Phillip, que estaba en la cola detrás de ella, junto a Nathaniel.

—¿No te da miedo? —le preguntó al pequeño Sheridan.

Tal como ella esperaba, el niño resopló con desdén.

—¿Miedo? —repitió desdeñoso—. ¿De qué? ¿De eso? —Y mientras la locomotora se detenía justo delante de ellos y los pasajeros comenzaban a bajar de los carros, al parecer ilesos después de la aventura, añadió—: ¡Ni por asomo!

Todo el mundo se echó a reír. Bueno, todos menos Nathaniel, que miraba a lord Sebastian con lo que Nicola consideró una hostilidad innecesaria. Era ridícula aquella antipatía del hermano de Eleanor por el dios, sencillamente porque a lord Sebastian le gustaba remar y además, según coincidían todos, se le daba muy bien. Los dos jóvenes tenían mucho en común, siendo ambos primogénitos y graduados en Oxford. Cualquiera hubiese creído que podían ser amigos.

Pero Nicola no tardó en olvidarse de su preocupación por la posible amistad de los hermanos de sus amigas en cuanto el hombre que operaba la locomotora se volvió hacia ellos y gritó:

—¡Siguieeente!

Lord Sebastian le tendió los chelines que le había dado su padre y ayudó a Nicola a subir a uno de los carros. En cuanto la muchacha se sentó en el banco de madera, se volvió hacia Eleanor, que seguía de pie mientras sus hermanos se acomodaban en el carro detrás del de Nicola.

—¿Tú no vienes?

Pero Eleanor, después de mirar a su madre y ver que fruncía el ceño, negó con la cabeza.

—No con este vestido —contestó, tocando la clara seda de la falda—. Eso del ferrocarril es demasiado sucio para mí.

Nicola sólo tuvo tiempo de echar un rápido y nervioso vistazo a su propio vestido con sus nuevos nomeolvides antes de que el hombre de los controles gritara:

—¡Nos vamos!

A pesar de la advertencia, cuando la *Voladora* echó a andar dio una sacudida tan violenta que a Nicola se le fue la cabeza hacia atrás y habría perdido el sombrero si no hubiera alzado bruscamente las dos manos para agarrárselo.

—¿Está usted bien? —preguntó preocupado el dios, poniendo el brazo sobre el respaldo del asiento de Nicola.

Nicola, sobresaltada al notar su brazo en torno a los hombros, alzó la vista y se sobresaltó todavía más al ver lo cerca que tenía la cara de lord Sebastian. ¡Si hasta podía verle cada una de las pestañas! Eran de un delicioso castaño dorado.

Entonces el carro dio otra sacudida y esta vez a Nicola se le fue la cabeza hacia delante. De hecho todo su cuerpo habría salido despedido del asiento de no ser porque el fuerte brazo de lord Sebastian la agarraba con firmeza.

A continuación, antes de que Nicola pudiera decir otra palabra, se pusieron en marcha.

Lo primero que pensó fue que Eleanor no tenía razón, porque su falda de muselina blanca seguía perfectamente inmaculada. Eso era, por supuesto, porque el humo blanco que salía de la chimenea no era humo sino vapor. La máquina del señor Trevithick se propulsaba mediante agua en la que se introducía un atizador al rojo vivo. Era increíble que algo tan sencillo como el vapor pudiera crear una reacción tan potente. La velocidad a la que ahora se movía la máquina era impresionante.

La brisa que Nicola sentía en el rostro era refrescante. Y también era muy agradable pasar tan deprisa por delante de la gente reunida junto a las vías y ver sus expresiones de horror y deleite. Nicola nunca había ido tan deprisa. Phillip, detrás de ella, iba gritando que debían de correr a más de quince kilómetros por hora. Desde luego era lo más emocionante que había hecho en la vida.

Y eso, en gran medida, se debía al fuerte y cálido brazo que le rodeaba los hombros. Sí, lord Sebastian la agarraba como si fuera algo muy frágil o incluso precioso. Nicola notaba los latidos de su corazón contra su brazo. Era la sensación más deliciosa del mundo. Sin duda tenía que significar (no podía significar otra cosa, ¿no?) que le gustaba al dios, o incluso algo más. Tal vez la amaba. ¡Tenía que amarla! ¡Tenía que ser eso!

La *Voladora* se quedó muy deprisa sin vapor y se detuvo resoplando. Los pasajeros, entre risas y alabanzas al señor Trevithick, salieron de los carros. Algunos, como el joven Phillip Sheridan, que había disfrutado de lo lindo, corrieron de nuevo a la cola con otro chelín en la mano. Otros, como Nicola y el dios, se quedaron donde estaban, comentando lo glorioso de la experiencia. Nicola no pudo evitar advertir en unos cuantos una expresión de desaprobación. Por lo menos ésa era la expresión de Nathaniel Sheridan.

«Supongo que pensará que montar en el ferrocarril no es propio de una dama», pensó Nicola con amargura. Pues bien, pensaba darle una lección. Se montaría otra vez, igual que Phillip...

Pero justo cuando estaba abriendo el bolso para sacar un chelín, se acercó presurosa Honoria, seguida de sus padres.

—¡Nicola! ¿Cómo ha sido?

Nicola contestó, subiendo la voz para que Nathaniel la oyera, que había sido una delicia y que estaba decidida a repetir la experiencia.

Lord Farelly estalló en carcajadas.

—¿Lo ves? —le dijo a su esposa—. ¿Lo ves, Virginia? Te lo dije. Señorita Sparks, al final haremos de usted una entusiasta del ferrocarril.

—Pues creo que ya lo soy, lord Farelly —repuso Nicola con los ojos brillantes—. Dígame, ¿de verdad piensa que algún día habrá máquinas como ésta por toda Inglaterra?

—Sin duda alguna. —Lord Farelly, que era un hombretón, tendió un brazo sobre los hombros de Nicola y el otro sobre los de su hija y las atrajo contra su chaleco de terciopelo verde en un abrazo de oso—. Por toda Inglaterra, por todo el continente..., tal vez incluso por el mundo entero. Los que consideran que los trenes no son más que herramientas útiles para transportar carbón o madera no lo han pensado bien. El ferrocarril puede transportar de forma rápida y segura la carga más preciosa.

Nicola, notando que el abrazo de lord Farelly le estaba aplastando el sombrero, intercambió una mirada con el sonriente lord Sebastian.

—¿La carga más preciosa? —repitió la joven—. ¿Se refiere a los diamantes?

—En absoluto. —Lord Farelly soltó a las chicas con la misma brusquedad con que las había agarrado—. Hablo de personas, querida. ¡Personas! Ésa será la verdadera función del ferrocarril: transportar a la gente hacia los seres queridos que viven lejos.

—¡Ah! —Nicola se atusó unos rizos que se le habían escapado del sombrero—. Ya veo.

—Si ya has terminado, Jarvis —terció lady Farelly hastiada—, ¿podemos irnos a casa? Estoy echando seriamente en falta mi chuleta de cordero, que tan cruelmente me has obligado a abandonar para acompañarte en esta pequeña... excursión.

Lord Farelly declaró que ya podían irse a casa. Se despidieron cortésmente de los Sheridan, Nicola evitando tercamente la sonrisa burlona de Eleanor, que no cabía en sí de emoción después de ver cómo el dios la había rodeado con el brazo, y la mirada de Nathaniel, que también había presenciado el suceso, y muy de cerca puesto que iba sentado detrás del carro de Nicola. Justo cuando se giraban para marcharse, Honoria, mirando la atestada plaza, exclamó:

—¡Pero bueno, Nicola! ¿No es ése tu tío?

Nicola se quedó de piedra al ver al Gruñón y al Gallina, mirando ambos en su dirección. Los Blenkenship, por supuesto, no se habían acercado a la cola de la *Voladora*, puesto que el Gruñón era demasiado viejo y el Gallina demasiado cobarde para poner un pie en una máquina semejante. Aun así, era evidente que habían acudido a observar a los demás montar en aquel artefacto... y el Gruñón, en particular, no parecía muy contento de ver que una de aquellas personas había sido alguien de su propia familia.

¡Por todos los santos! ¿Es que Nicola no podía hacer nunca nada que complaciera a aquel dichoso viejo?

—No es mi tío —fue todo lo que respondió la joven, pero alzó la mano para saludarlos, puesto que estaban demasiado lejos para decirles nada. Según madame, una dama jamás saludaba de viva voz a alguien que estuviera al otro lado de una plaza. El Gruñón no devolvió el gesto, pero el Gallina sí, y con entusiasmo.

—Dios mío, Nicola —dijo Honoria, agarrándola del brazo mientras echaban a andar hacia el carruaje de los Bartholomew—, parece que el señor Blenkenship está perdidamente enamorado de ti.

Nicola tardó un momento en darse cuenta de lo que lady Honoria le estaba diciendo. Se quedó tan horrorizada que se detuvo y se quedó mirando incrédula a su amiga.

—¿Harold? —exclamó—. ¡Tienes que estar de broma!

—En absoluto —contestó Honoria sorprendida—. Ya me di cuenta la otra noche en Almack's. Te mira... Bueno, te mira como papá mira la *Voladora*. Creo que debe de estar enamorado de ti.

Nicola se alegró de que hubiera transcurrido tanto tiempo desde el desayuno, porque estaba segura de que lo hubiera devuelto. ¡El Gallina! ¡Enamorado de ella! ¡Imposible!

Nicola movió la cabeza.

—Te equivocas. El Galli... quiero decir, el señor Blenkenship sólo me mira porque está disgustado por mi falta de sentido de los negocios. Su padre quiere que venda la casa de mi familia.

Pero Honoria se mantuvo firme.

—Pues lo que yo veo en su rostro cuando te mira no es precisamente disgusto, Nicola. Antes bien al contrario, yo diría. Yo que tú tendría cuidado con él. Ya sabes lo que decía madame.

En efecto, madame Vieuxvincent había sido muy estricta al respecto: nada podía dañar más la reputación de una joven que una sucesión de pretendientes desdeñados.

Pero ¿Harold? ¿Enamorado de ella? Sin duda eran imaginaciones de lady Honoria.

Nicola le dio unas palmaditas en el brazo.

—Tendré cuidado, amiga mía, porque tú me lo pides. Pero te aseguro que mi primo no siente nada por mí.

Desde luego Nicola estaba segura de que el Gallina era incapaz de sentimiento alguno. Porque, ¿qué clase de criatura podría renunciar, como había hecho él, a una vuelta en el ingenioso ferrocarril?

La idea era tan ridícula que Nicola se olvidó de ella, sobre todo cuando, a la puerta del carruaje de los Bartholomew, lord Sebastian le ofreció la mano para ayudarla a subir. En ese instante volvió a asaltarle el recuerdo de la sensación de su brazo fuerte en torno a los hombros.

Y ya no pudo pensar en otra cosa. Bueno, ¿qué joven hubiese podido?

cinco

Era cierto que lady Honoria Bartholomew no había sido bendecida por la naturaleza, por lo menos no como lord Sebastian. Su rostro tenía un aire decididamente caballuno y, por desdicha, la joven poseía la misma constitución atlética que su hermano.

Nicola sabía que aquello no hubiese sido un inconveniente tan terrible de no haber insistido Honoria en adornar sus vestidos y sombreros con plumas (de hecho podría haber resultado incluso una ventaja, porque las mujeres altas podían llevar con mucha elegancia los vestidos de talle subido que tan de moda estaban esa temporada). En opinión de Nicola, las plumas a una mujer grande le quedaban ridículas.

Lo que lady Honoria necesitaba eran líneas sencillas y adornos clásicos para apartar la atención de sus hombros fornidos y su ancha cintura y atraerla en cambio hacia sus rasgos más favorecedores, como eran su cabello rubio y abundante y sus exquisitos ojos azules.

Lo que lady Honoria necesitaba, pues, no eran plumas sino galones y un mínimo toque de encaje.

Pero convencerla de estas verdades estaba resultando harto difícil.

Nicola llevaba ya casi un mes en casa de los Bartholomew y se acercaba el momento cumbre de la estación. Pero Honoria, a diferencia de muchas otras graduadas de madame Vieuxvincent, todavía no había recibido ni una sola proposición de matrimonio. No era poco común que una muchacha como Nicola, que poseía una renta anual tan reducida, hubiera sido dejada de lado por muchos de los solteros más cotizados de Londres. Pero ¿lady Honoria? ¡Pero si contaba con casi cinco mil libras al año! Cara de caballo o no, debería haber tenido una cola de pretendientes en la puerta..., como tenía Eleanor, que vivía sólo a unas cuantas calles de distancia.

Pero Eleanor, por supuesto, era una belleza..., además de lo cual, gracias a su amistad con Nicola durante tantos años, había aprendido a vestir. A Eleanor, que era pequeñita, las plumas no le hubiesen quedado mal, pero a lady Honoria... ¡Qué desastre! Nicola sabía que había que tomar medidas drásticas, de manera que una mañana, no mucho después de la excursión a la *Voladora*, se encontraba ante las puertas abiertas del armario de lady Honoria con una expresión sombría y unas tijeras en la mano.

—Pues habrá que deshacerse de todas —fue su firme veredicto final.

Lady Honoria, subida a un taburete, lanzó un gritito.

—¡Ay, Nicola! ¡No! ¡Todas no!

—¡Todas! —insistió Nicola tajante.

Incluso Charlotte, la doncella de lady Honoria, que era francesa y sabía por instinto que Nicola llevaba razón, no pudo evitar un suspiro de consternación.

—*Alors* —le dijo Martine, su doncella, que había traído

las tijeras—. Han pagado muchos cientos de *libgas pog* cada uno de estos vestidos. Son de *Paguís.*

—Es una pena —comentó Nicola—, pero no hay más remedio.

Tijeras en ristre, Nicola agarró la primera de aquellas monstruosidades emplumadas del guardarropa de su amiga y procedió con diligencia a cortar las suaves plumas de marabú.

—Sustituiremos esto por cuentas de azabache —comentó—. ¿Martine?

La doncella revolvió en una caja llena de adornos diversos que su ama había ido coleccionando con los años y sin la cual jamás se aventuraba muy lejos.

—*Oui* —contestó alzando una ristra de cuentas negras—. Ya está preparado.

—Excelente. —Nicola le tiró a Charlotte el vestido mutilado—. El siguiente.

Habían acabado casi con la mitad del contenido del armario cuando una doncella llamó a la puerta y anunció:

—Ha venido a verla el señor Harold Blenkenship, señorita Sparks.

—¡Por todos los santos! —exclamó Nicola. Había olvidado que el Gallina había escrito para pedir permiso para llevarla a montar a caballo esa mañana. En circunstancias normales, ella hubiese declinado la invitación con la disculpa de tener un compromiso previo.

Pero, por desdicha, ya había declinado otras cinco invitaciones de Harold y un nuevo rechazo podía ser considerado un insulto. De hecho, ya había tenido que disculparse en repetidas ocasiones por el episodio del baile.

Porque por mucho que le disgustara el Gallina, Nicola no quería herir sus sentimientos. Madame siempre había sido muy clara al respecto: de los amigos se podía una deshacer como si fueran guantes, pero de la familia no. Era mejor no enfrentarse a los parientes, puesto que habría que convivir con ellos bastante tiempo.

—Tengo que irme. —Nicola se atusó un poco el peinado. Puesto que sólo se trataba del Gallina, no le preocupaba demasiado su aspecto, por supuesto. Aun así, aceptó el sombrero que le había traído Martine, el que justo el día anterior había forrado de satén verde para que hiciera juego con una chaqueta recién teñida de aquel color—. Os ruego que tengáis la amabilidad de no tocar nada en mi ausencia —añadió, con una mirada de advertencia a Honoria. Sospechaba que la joven intentaría salvar una o dos boas y eso, por descontado, sería mortal. Nada sienta peor a una muchacha caballuna que las plumas en la cara—. Cuando vuelva terminaremos con el guardarropa.

Lady Honoria no dijo nada. Se limitó a mirar con tristeza los vestidos a los que Martine y Charlotte arrancaban las frondas.

Mientras Nicola se ataba las cintas del sombrero en un bonito lazo bajo la barbilla, pensó que era muy difícil aprender que, por mucho que a una le gustaran las plumas, no eran necesariamente sus amigas. Esto podía aplicarse a muchas cosas, por supuesto, no sólo a las plumas. Al sol, por ejemplo. Ella misma tenía pecas. Y muchas mujeres habían encontrado su perdición en el chocolate.

Aun así, si lady Honoria albergaba alguna esperanza de casarse con alguien presentable, tendría que renunciar a las plumas de avestruz. Le daban un aspecto sencillamente ridículo.

Y lo cierto es que tendría que haber dado gracias, pensó Nicola, de que fuera eso lo único que tenía que hacer para conseguir marido. Muchas jóvenes habían tenido que sacrificar mucho más. Como las botas de tacón alto.

Nicola hizo un gesto con la cabeza a Martine, que a su vez asintió con aire cómplice, y luego se encaminó hacia las escaleras para bajar a saludar a su primo.

Enseguida comprobó que lady Honoria no era la única que necesitaba consejos sobre vestimenta. El Gallina llevaba otro de sus sensacionales conjuntos de petimetre, éste consistente en unos pantalones de terciopelo beis con el chaleco a juego y un abrigo de un espantoso tono berenjena. Nicola se horrorizó al pensar en la imagen de ambos juntos por Hyde Park, puesto que su preciosa chaqueta verde no pegaba nada con tanto púrpura.

—Nicola. —Al Gallina se le iluminaron los ojitos porcinos al verla—. Estás preciosa, como de costumbre.

Nicola no estaba acostumbrada a que el Gallina la llamara «preciosa», y tampoco a que la siguiera con la mirada tal como había observado Honoria con toda la razón. Desde que la había visto con el pelo recogido, el Gallina le había prestado muchísima más atención de la habitual. Lo cual era todavía más extraño si se tenía en cuenta que los sentimientos de Nicola hacia él no habían experimentado cambio alguno. Seguía despreciándolo tanto como siempre. Era tremendamente desconcertante. ¿Por qué no podía enamorarse Harold de una muchacha que agradeciera sus atenciones? ¿Por qué tenía que incordiarla a ella? ¿Por qué tenía que ser todo tan complicado?

—Harold —saludó Nicola, tendiendo una mano con frialdad. Desde luego, con un saludo semejante, Harold no se atrevería a pensar que sentía nada por él, aparte de una fraternal tolerancia.

Sin embargo, para la mortificación de Nicola, el Gallina no le estrechó la mano, sino que se llevó los dedos a los labios y plantó en ellos varios besos (y además delante del mayordomo de los Bartholomew, que fingía educadamente no darse cuenta pero que, sin duda alguna, se sintió ante aquel gesto tan azorado como ella).

—¡Harold! —Nicola apartó bruscamente la mano y se apresuró a ponerse los guantes—. ¡Por favor! Pero ¿en qué estás pensando?

El Gallina se limitó a reírse con un gesto que debía de considerar desenvuelto y la guió hacia su faetón que, según comprobó Nicola con alivio, era un vehículo elegante, amarillo y negro, con un par de buenos caballos. Así que por lo menos no tenía que preocuparse de sufrir algún percance como una rueda rota o una herradura suelta que los obligara a llegar a casa a alguna hora intempestiva (Dios no lo quisiera), forzándolos luego a casarse sólo para salvar la reputación de Nicola.

Aun así, y para asegurarse, la joven alzó la voz para que la oyera el mayordomo:

—No puedo, de ninguna manera, llegar a casa más tarde de la una, Harold. Lady Honoria y yo vamos a ir a Grafton House esta tarde a comprar unos botones.

Era mentira, por supuesto, pero el Gallina no tenía por qué saberlo.

Aun así, no pareció molestarle en absoluto que Nicola sólo se dignara a concederle una hora de su tiempo. Después de ayudarla a subir al carruaje, se acomodó a su lado y tomó las riendas.

—Más vale que te agarres bien, Nicky —le dijo con una sonrisa que él debía de considerar perversa, pero que simplemente parecía de engreimiento—. Estos caballos son muy briosos y a veces me cuesta impedir que salgan disparados.

Nicola se molestó, puesto que estaba bastante segura de que era mentira, a menos, por supuesto, que el Gallina los tratara con tanta dureza que de vez en cuando los animales se rebelaran.

—Pues entonces —replicó cortante— más vale que vayas cuanto antes a comprarte unos caballos que sepas manejar.

Por lo visto no era aquélla la respuesta que buscaba el Gallina, porque pareció bastante decepcionado. Nicola supuso, algo asqueada, que esperaba que ella exclamara «¡Ay, Harold! ¡Protégeme!» y le echara los brazos al cuello. ¡Como si hubiera sido ella, en vez de él, quien no se había atrevido a montar en la *Voladora*!

Harold, con expresión irritada, arreó a los caballos. Tal como Nicola esperaba, los animales salieron al trote tranquilamente, sin movimientos bruscos, puesto que eran criaturas bien entrenadas y muy inteligentes..., desde luego mucho más inteligentes que su amo.

—Me llevé una sorpresa al verte el otro día en la plaza Euston —comentó el Gallina cuando entraban en el parque—. No sabía que te gustaran los ferrocarriles.

—Bueno, no particularmente —repuso ella displicente, mirando los carruajes que pasaban y esperando que no la viera nadie conocido con un hombre que llevaba por voluntad propia un color tan espantoso—. Pero a lord Farelly le entusiasman. Y la verdad es que a mí todo aquello me pareció divertidísimo. Fue muy emocionante ir tan deprisa. —Le lanzó una rápida ojeada—. ¿No te parece?

Harold, tal como ella esperaba, parecía azorado.

—Pues la verdad es que yo no me monté. Me pareció un poco peligroso.

A Nicola, que recordaba muy bien que de pequeño Harold salía corriendo cada vez que ella desenterraba un gusano para enseñárselo durante sus ocasionales visitas a la abadía de Beckwell, no le sorprendió que un individuo tan pusilánime se asustara de la invención del señor Trevithick. De hecho, le parecía muy típico de él.

—Qué lástima —comentó—, porque fue divertidísimo.

—Supongo. Aun así, jamás hubiera esperado que tú tomaras parte en una cosa así.

—¿Yo? —Nicola se volvió a mirarlo, sinceramente sorprendida—. ¿Ah, no?

—Bueno, tendrás que admitir que no es algo muy propio de una dama —contestó el Gallina, sin dejar de mirar las riendas aunque los caballos no parecían necesitar supervisión alguna, puesto que seguían el camino como si estuvieran acostumbrados a hacerlo varias veces al día, lo cual, Nicola estaba segura, era el caso—. Vamos, eso de andar retozando en un artefacto como aquél...

—Pues para tu información —replicó Nicola molesta—, a lady Farelly le pareció bien que me montara. De hecho, lord Farelly me pagó el billete. Dice que algún día la gente se subirá a los trenes como si nada, tanto damas como caballeros, y recorrerá kilómetros y kilómetros.

—Puede ser, pero yo no vi que lady Farelly montara en el ferrocarril. Ni su hija. Si no recuerdo mal, tú eras la única dama a bordo.

¡Pero bueno! ¡Aquello era demasiado! Una cosa era que el Gallina la atosigara para que fuera a dar un paseo con él, y otra muy distinta que se pasara todo el paseo reprendiéndola por tomar parte en algo para lo que sus anfitriones le habían dado permiso. ¡Era intolerable! Si Harold estaba enamorado de ella, tal como sostenía lady Honoria, desde luego tenía una forma muy rara de demostrarlo.

—Yo ya estoy cansada de pasear, Harold —dijo por fin, apenas disimulando su enfado—. Más vale que me lleves de vuelta a casa de los Bartholomew.

Nicola se llevó una buena sorpresa al ver que el Gallina se mostraba realmente consternado al oír aquello.

—¡Cielo santo! —exclamó, volviéndose bruscamente hacia ella—. No te habrás ofendido por lo que he dicho, ¿verdad?

—Desde luego que sí. —Pero ¿cómo podía dudarlo? ¿Es que además de cobarde era duro de entendederas?—. No tienes ningún derecho a decirme cómo me tengo que comportar, Harold. Sólo eres mi primo segundo, y ni siquiera eso, más bien primo tercero o cuarto, si no me equivoco. Y aunque seas unos cuantos años mayor que yo, estoy segura de que todavía podría darte una paliza, como pasó aquella vez que querías impedir que me fuera a nadar.

Harold se puso como un tomate, porque para cualquier joven debía de ser espantoso recordar una derrota sufrida a manos de una niña.

—¡Pero si sólo tenías seis años! —exclamó el Gallina—. ¡Te podías haber ahogado!

—¿En un riachuelo de un metro de profundidad? —replicó Nicola, sintiendo cada vez más desprecio por él—. Ahí está el camino de Park Lane. Ten la amabilidad de girar.

Pero el Gallina no giró, sino que tiró de las riendas para detener a los caballos y se volvió hacia ella.

—Me parece que tengo todo el derecho del mundo a decirte cómo tienes que comportarte —informó, con bastante firmeza para tratarse del Gallina.

Nicola parpadeó.

—¿Ah, sí? Te ruego que me expliques la razón, porque siento una gran curiosidad.

Y con una inconfundible expresión ufana, el Gallina contestó:

—Porque resulta que tengo intención de casarme contigo.

seis

Nicola se lo quedó mirando boquiabierta. ¿Acaso se le estaba declarando o eran imaginaciones suyas?

—¡Sí, Nicky! —exclamó Harold, tan alto que se volvió hacia ellos toda la gente de los demás carruajes (porque el Gallina ya había creado un atasco en el parque al detenerse en mitad de un camino)—. Me has oído bien. Nos vamos a casar. Ya le he pedido permiso a mi padre, y está encantado. Piensa publicar las amonestaciones de inmediato.

Nicola, totalmente perpleja, se aferró a los lados del faetón y pensó: «Pase lo que pase, no te rías.»

Pero era demasiado tarde. Una carcajada le subió a la garganta y explotó antes de que ella pudiera detenerla.

Tal como esperaba, el Gallina no se tomó muy a bien que se riera de su proposición.

—Te hablo muy en serio, Nicola —afirmó con expresión adusta—. Y yo en tu lugar me mostraría más circunspecta. Dada tu posición, no es probable que recibas muchas ofertas.

—¡Ay, Harold! —exclamó Nicola, enjugándose las lágrimas de risa—. Lo siento mucho. Pero no puedes hablar en serio. Sabes perfectamente que somos incompatibles.

—Pues no veo por qué. —Advirtiendo por fin las miradas enfadadas de los conductores de los demás vehículos, Harold arreó a los caballos y comenzaron de nuevo a pasear por el parque—. Tenemos muchas cosas en común.

Nicola estuvo tentada de preguntar qué cosas, exactamente, pensaba el Gallina que tenían en común, pero decidió no hacerlo. No estaba segura de poder contener la risa.

—Harold, no saldría bien —terminó por decir. Porque, por mucho que le disgustara el Gallina, no podía evitar sentir algo de lástima por él. Jamás se hubiera imaginado que la quisiera lo suficiente para desear casarse con ella. Sentía mucho haberse reído de él.

—¿Por qué no? A mí... a mí me gustas.

Y con eso Nicola dejó de sentir lástima. ¿Que le gustaba? ¿Que le gustaba? Jamás había tenido el más mínimo interés en casarse con él, pero de haber sido el caso, Harold le hubiese quitado las ganas de cuajo en ese instante. Como pretendiente, el pobre Harold era un completo inepto. ¿Dónde estaban las declaraciones de amor eterno, las flores, los cumplidos? ¡Vaya, si ni siquiera había dicho que la encontraba guapa!

¡Cielo santo! Era un auténtico botarate.

—Y si estás pensando en decir que no, Nicola, te sugiero que lo pienses bien. Vas a tener que enfrentarte a los hechos. Con una renta tan pequeña como la tuya, no es probable que recibas mejores ofertas.

Nicola pensó un instante en el dios y recordó cómo le había echado el brazo por los hombros en el ferrocarril. Pensó en la cantidad de veces que le había solicitado un baile, y en lo guapo que estaba siempre, qué apuesto y elegante con sus magníficos abrigos de colores apagados. Recordó que a él no le daba miedo nadar. Al fin y al cabo estaba en el equipo de remo de la universidad. Las bateas volcaban, ¿no? Por lo tanto, los remeros tenían que saber nadar.

—Yo cuento con dos mil libras al año, de mi madre —informó el Gallina—. Y algún día, por supuesto, seré barón. No creo que una muchacha de tu posición vaya a recibir una oferta mejor. Lo más propio sería que consideraras muy en serio mi proposición. Te aseguro que no hay muchos hombres dispuestos a casarse con una persona que no tiene un céntimo y además es tan... Bueno, tan tozuda como tú. A la mayoría de los hombres les disgusta que una mujer haga cosas como... Bueno, como montarse en una locomotora en una plaza pública.

El Gallina le estaba poniendo cada vez más difícil sentir lástima por él. De hecho, empezaba a odiarle.

—No a todos los hombres les disgusta —señaló ella con cierta malevolencia—. A lord Sebastian, por ejemplo...

En cuanto lo dijo se arrepintió, pero ya no tenía remedio. El Gallina lo había oído y, a juzgar por su cara de sorpresa, se había quedado de piedra, no tanto por la frase en sí, sino por cómo la había dicho.

—¿Lord Sebastian? —le repitió—. ¿Te refieres al vizconde?

Nicola asintió con la cabeza. Ahora ya no podía hacer nada. Sólo rezaba para que Harold no averiguara lo peor: sus verdaderos sentimientos por el dios.

De pronto fue Harold el que se echó a reír. ¡Pero bueno! Se reía a carcajadas, asustando al parecer a los caballos, que evidentemente jamás habían oído a su amo producir esos ruidos. Los animales, confusos, echaron atrás las orejas y pusieron los ojos en blanco.

—¡Lord Sebastian! —exclamó el Gallina—. ¡Ay, Nicola! No pensarás ni por un momento que el vizconde siente el más mínimo interés por ti. ¡En serio!

Ahora Nicola estaba más enfadada que nunca. La embargaba una rabia tan fuerte como la que había sentido aquella vez que su primo intentó impedir que se fuera a nadar. Sólo que en esta ocasión, por desdicha, no podía darle un puñetazo en las orejas porque estaban en público y ella, gracias a los incansables esfuerzos de madame Vieuxvincent durante una década, era una dama.

—Para tu información, el vizconde y yo somos buenos amigos. Muy buenos amigos —declaró con frialdad, aunque tal vez fuera una imprudencia.

—Sí —replicó el Gallina, que cada vez que hablaba parecía menos el Gallina y más un desconocido, alguien a quien Nicola no había visto nunca y mucho menos alguien con quien guardara parentesco alguno—. Ya vi lo buenos amigos que sois aquel día, en la plaza Euston.

Nicola, muy a su pesar, se sonrojó. Sabía que no debería haber permitido que el vizconde la rodeara con el brazo, pero él lo había hecho sólo llevado por su deseo de protegerla, nada más. Intentando sobreponerse a su azoramiento, insistió con terquedad:

—Entonces ya ves que digo la verdad, ¿no, Harold?

—Nicola. —Harold la miró muy serio. No era un hombre guapo. Tenía el mentón muy poco pronunciado y los ojos demasiado pequeños. Pero cuando se ponía serio, como entonces, era difícil reconocer que se trataba de la misma persona a la que Nicola había menospreciado durante tantos años. Parecía haber en él una veta de obstinación que ella jamás había visto, una veta que no tenía nada que ver con el valor o el temple, pero que era tan indómita como cualquiera de estas cualidades—. Más vale que te vayas haciendo a la idea de que lord Sebastian Bartholomew jamás pedirá la mano de una mujer sin un penique y que además no es nadie —declaró el Gallina con espeluznante convicción—. Por muchas veces que ella le permita que le pase el brazo por los hombros.

Nicola, indignada, se puso en pie en el faetón, sin importarle el peligro de caer y morir bajo un millar de cascos de caballo en el camino de tierra.

—¡Se acabó! —exclamó—. ¡Se acabó! Detén el carruaje ahora mismo.

El Gallina, todavía más pálido de lo habitual, tiró asustado de las riendas.

—¡Nicola! —gritó—. ¿Te has vuelto loca? ¡Siéntate!

Pero Nicola no se sentó. En el mismo instante en que el faetón se detuvo, bajó sin ayuda. La falda del vestido se enganchó en un radio de la rueda y se desgarró. Pero ni siquiera eso le importó. Lo soltó de un tirón, se dio la vuelta y cruzó a toda prisa el camino, librándose por los pelos de que la aplastara otro carruaje.

—¡Nicola! —chilló el Gallina sin dejar su asiento—. ¡Nicola, ven aquí!

Pero Nicola no hizo caso. Le daba igual tener que recorrer andando todo el trayecto hasta la casa. Hubiera caminado de buena gana hasta Newcastle si con ello hubiese evitado para siempre la compañía de Harold Blenkenship.

Puesto que apenas habían dado las doce del mediodía, Hyde Park estaba repleto de gente. No era fácil andar al borde del camino de los carruajes sin que la atropellaran. Pero Nicola no podía aventurarse entre los árboles porque había oído decir que estaban plagados de asaltantes. Aunque tampoco le importaba que le arrebataran el bolso puesto que sólo contenía cincuenta peniques y unas cuantas horquillas para el pelo.

A pesar de todo sintió un gran alivio al oír que una voz la llamaba. Y no era la voz del Gallina, que no podía abandonar el carruaje para perseguirla a pie..., por lo menos si quería encontrar el faetón donde lo había dejado, puesto que el parque estaba atestado no sólo de personas con ganas de ver y ser vistas, sino de individuos bastante menos decentes: asaltadores que perseguían botines más sabrosos que el bolso de las damas. No, era una voz de mujer.

Nicola se dio la vuelta y vio, encantada, a Eleanor, su hermano Nathaniel y otro hombre que la miraba con cierta perplejidad desde un bonito carruaje sin capota con asientos para cuatro.

—¡Nicky! —gritó Eleanor, más guapa que nunca con un sombrero con capullos de rosa hechos de seda que Nicola le había cosido el día anterior—. Pero ¿qué haces ahí tú sola en este camino lleno de polvo? ¿Y no era el Gallina ese que acabamos de adelantar?

—Desde luego que lo era —contestó Nicola haciendo un gesto altanero con la barbilla—. Me he visto obligada a abandonar su faetón, puesto que me ha insultado de la manera más espantosa.

—¿Que te ha insultado? —repitió Eleanor horrorizada.

El caballero que conducía el carruaje se limitó a sonreír, tal vez observando que Nicola no parecía haber sufrido ningún daño físico a pesar de su aventura.

—Entonces será mejor que suba usted con nosotros, donde estará segura —dijo—. ¿No es cierto, Sheridan?

—Desde luego —contestó lacónico Nathaniel, que iba en el asiento de atrás. Se inclinó para abrir la puerta y se apeó para ayudarla a subir.

—Gracias —contestó ella agradecida, dejándose caer en el asiento—. No tenía ni la más ligera idea de lo que iba a hacer. Pero sabía que no podía quedarme en el faetón con él ni un segundo más.

—Es peligroso que una joven dama salga de paseo sin escolta —afirmó el caballero, todavía sonriendo mientras Nathaniel se sentaba junto a Nicola—. Por fortuna la señorita Sheridan cuenta con su hermano para que la proteja. Y ahora con usted, supongo.

Nicola, mirando primero al caballero y luego a Eleanor y a su hermano, se dio cuenta de que aquello se trataba de un paseo de Eleanor con uno de sus pretendientes. Lady Sheridan, que siempre hacía lo más correcto, habría insistido sin duda en que Nathaniel saliera con su hermana y su nuevo admirador. Desde luego Nathaniel había asumido un aire de preocupación fraternal normalmente reservado para los bailes y otros eventos de sociedad.

—Señorita Sparks —le dijo con inusual formalidad—, quisiera presentarle a sir Hugh Parker. Sir Hugh, la mejor amiga de mi hermana, la señorita Sparks.

Sir Hugh dejó las riendas y se dio la vuelta para estrechar la mano de Nicola. Ella advirtió con aprobación que, aunque era rubio y con bigote (algo muy peligroso si uno no contaba con la excelente estructura ósea del dios), parecía bastante agradable y era a la vez afable y alto. Y lo más importante, vestía con pulcritud y sin afectación. Llevaba la chorrera de un blanco impecable, cosa que a Nicola siempre le agradaba en un hombre.

Se preguntó qué renta anual tendría y si a Eleanor le gustaba especialmente. No podía averiguarlo por el comportamiento de su amiga, que no era en modo alguno el habitual. No se le escapaba ni una risita. Eleanor procuraba comportarse como la dama en la que madame había intentado convertirla.

—Qué suerte que pasáramos en este momento —comentó Eleanor mientras sir Hugh arreaba a los caballos, una vez que Nicola y Nathaniel se acomodaron en los asientos—. ¿Y qué ha hecho concretamente tu primo para insultarte, Nicky? No te estaría dando la lata otra vez para que vendas la abadía, ¿verdad?

—No, qué va. Esta vez lo único que quería era que me casara con él.

Eleanor lanzó un educado gritito de incredulidad y sir Hugh se echó a reír con discreción, como si encontrara a Nicola tremendamente entretenida. Sólo Nathaniel recibió la información con calma, clavando en Nicola una penetrante mirada.

—Supongo que la respuesta que recibió el pobre muchacho fue una negativa —dijo.

Nicola, que comenzaba a sentirse un poco avergonzada por su comportamiento con el Gallina, se puso a la defensiva:

—No es un pobre muchacho, Nathaniel Sheridan, así que no intentes defenderle. No es sólo que haya tenido la impertinencia de pedírmelo, cuando, evidentemente, es el último hombre sobre la tierra con el que nadie querría casarse. Ha sido la forma en que me lo ha dicho. —No pensaba contarle a nadie en el mundo lo que el Gallina había dicho del dios (bueno, era posible que se lo contara a Eleanor cuando estuvieran a solas, pero desde luego no ahora, delante de Nathaniel y sir Hugh)—. ¡Vamos! ¡Lo único que se le ha ocurrido decir es que yo le gusto!

Sir Hugh se echó a reír otra vez. Eleanor se mostraba debidamente enfadada en nombre de su amiga. Sólo Nathaniel, cruzándose de brazos y reclinándose en su esquina del carruaje, miró a Nicola con lo que podría llamarse escepticismo.

—A ver si lo adivino —comenzó—. Tú habrías preferido oír algo como: «Ojalá llevara un guante en esa mano para poder tocar esa mejilla...»

Nicola lo miró con los ojos entrecerrados, sabiendo que se estaba burlando de sus apuros... y de su amor por el lenguaje hermoso. A pesar de todo no estaba dispuesta a pelearse con sus salvadores, de manera que su réplica fue muy contenida en comparación con lo que le hubiera gustado decir.

—Un poco de Shakespeare no hace daño a nadie —contestó remilgada—. Pero si crees que mi primo Harold hubiera podido declararse de manera que me convenciera para aceptarle, te equivocas. Aun así..., bueno, unos cuantos cumplidos tampoco habrían estado de más.

—Me alegro mucho de que le dijeras que no, Nicky —terció Eleanor. El sol resaltaba las mechas rojizas en los rizos castaños que habían escapado del sombrero—. No me gustaría en modo alguno verte casada con un hombre inferior a ti, tanto intelectual como moralmente. —Eleanor miró por encima del hombro a su hermano, que seguía hundido en su rincón—. ¿No estás de acuerdo, Nathaniel?

El joven se limitó a alzar una ceja mirando a su hermana con sarcasmo.

—¿No te parece, Nat? —repitió Eleanor alzando la voz.

—¿No me parece el qué?

—¿No te parecería horrible que Nicky se casara con un hombre que fuera inferior a ella moral e intelectualmente? —repitió Eleanor entre dientes, todavía intentando comportarse como una dama delante de su pretendiente, pero, Nicola estaba segura, muerta de ganas de darle una patada a su hermano. Aunque Nicola no entendía qué había hecho ahora Nathaniel para enfadar a Eleanor.

—Supongo —dijo el joven por fin, enderezándose.

Por una vez tenía una expresión seria, aunque el mechón de pelo que siempre le caía sobre los ojos desmejoraba bastante el efecto.

—Mira, Nicky —comenzó en el tono más severo que Nicola le había oído nunca. Se estaba preguntando qué demonios tendría que decirle Nathaniel Sheridan para adoptar aquel tono, y por qué Eleanor se había girado de nuevo en el asiento y miraba fijamente al frente con tanta concentración, cuando se oyó una voz conocida:

—¡Pero bueno! ¡Señorita Sparks! ¿Es usted?

Nicola se volvió y vio encantada que el dios se acercaba en su faetón nuevo, un modelo más ligero y elegante que el de Harold.

—No sabía que vería hoy a los Sheridan —comentó lord Sebastian, después de saludar a todo el mundo (saludo que Nathaniel había devuelto muy de mala gana, pensó Nicola. ¿Por qué tenía que ser siempre tan grosero con lord Sebastian?)—. Honoria comentó que iba a salir de paseo con Harold Blenkenship.

—Sí, el paseo comenzó con Harold —explicó Nicola—, pero la cosa no fue bien y estas amables personas tuvieron el detalle de rescatarme.

—Ah —repuso el dios, que parecía más divino que nunca bajo el sol que se filtraba entre las copas de los árboles—. Ésa sí que es buena. Jamás te había imaginado en el papel de caballero andante, Sheridan. Me sorprende que hayas levantado la cabeza de los libros el tiempo suficiente para ello.

—Y a mí me sorprende que puedas andar por la ciudad sin llevar un remo metido en cada manga, Bartholomew —contestó Nathaniel sin pensarlo.

Nicola se quedó perpleja al ver que el dios comenzaba a sonrojarse. De pronto advirtió una tensión en el aire entre el carruaje de lord Sebastian y el suyo. No tenía ni idea de cómo había surgido, pero fue un alivio que sir Hugh interviniera con su habitual talante bromista:

—Caballeros, caballeros. ¿No sería mejor que nos moviéramos? Estamos reteniendo el tráfico...

Lord Sebastian, advirtiendo la hilera de carruajes que aguardaba con impaciencia detrás del suyo, contestó:

—Maldita sea, tiene razón. Venga, señorita Sparks, sé que estará ansiosa por volver a casa, y yo me dirijo hacia allí.

—¡Muchas gracias, milord! —exclamó Nicola agradecida, levantándose para bajar del carruaje de sir Hugh.

Pero Nathaniel, que estaba sentado junto a la puerta, no se movió.

—No tienes que irte. Nosotros te llevaremos a casa, Nicky.

—Muchas gracias —contestó Nicola, todavía de pie—. Pero no os viene de camino.

—A sir Hugh no le importa. ¿No es así, sir Hugh?

—Si tú lo dices, Sheridan.

—De verdad... —dijo Nicola, que empezaba a sentirse algo incómoda porque la gente de los carruajes que aguardaban comenzaba a gritar cosas como: «¡Moveos de una vez!» y «¿Es que habéis perdido una herradura?»—. Eres muy amable. Pero lord Sebastian va de camino a casa. Y a mí me esperan pronto. Lady Honoria y yo vamos... vamos a ir a Grafton House a comprar unos botones.

Era mentira, por supuesto. Y ni siquiera una mentira

original. Era la misma que había utilizado con Harold. Pero por alguna razón, esta vez se sintió culpable. ¿Culpable? ¿Por qué demonios tenía que sentirse culpable por mentir a Nathaniel Sheridan? ¡Pero bueno, si él no hacía más que mostrarse desagradable con ella!

Sin embargo, la mentira, por mucho que la inquietara, dio resultado. Nathaniel no pudo sino moverse, aunque de muy mala gana, para ayudar a Nicola a bajar del carruaje de sir Hugh y subir al faetón de lord Sebastian. Una vez acurrucada junto al dios, Nicola se olvidó de su culpa mientras se despedía muy ilusionada de sus amigos. Todos la saludaron con la mano, menos Nathaniel, que seguía enfurruñado. A continuación lord Sebastian dio la vuelta al faetón y salieron del parque en dirección a casa.

Nicola brincaba en el coche por Park Lane con sentimientos muy diferentes a los que tenía cuando iba hacia el parque. Mientras que entonces estaba abatida, gracias a su desagradable compañía, ahora iba sentada junto... Bueno, junto a un dios. Sabía que era la envidia de todas las jóvenes que pasaban. Todas la miraban, a ella, a Nicola Sparks, preguntándose cómo había tenido la gran suerte de atrapar el brazo del soltero más guapo de toda Inglaterra. Bueno, la respuesta era bastante fácil. Nicola había dejado que la vida la llevara de un sitio a otro, como una hoja al viento, ¡y mira lo que había pasado!

—¿Y qué ha hecho el pobre señor Blenkenship para que se viera usted impulsada a abandonarlo de manera tan cruel? —preguntó el dios.

—Ah —dijo Nicola distraída, observando el cielo sobre su cabeza dorada..., un cielo que no podía compararse al azul de sus ojos—. Pues me pidió que me casara con él, nada menos.

El dios, que por lo visto encontró aquello tremendamente divertido, se echó a reír.

—Un crimen terrible, sin duda. ¿Y es igual de dura con todos sus pretendientes, señorita Sparks? ¿O es que el señor Blenkenship era especial?

—Especialmente ofensivo, sí —replicó Nicola, extasiada por las pestañas del dios, que parecían brillar al sol.

—Pues es un alivio —comentó lord Sebastian.

—¿El qué? —preguntó Nicola, imaginándose que tocaba aquellas pestañas.

—Bueno, que no sea contraria al matrimonio en general. —Y de pronto, con la mano que no sostenía las riendas, tomó los dedos de Nicola y se los llevó a los labios—. Eso significa que hay esperanzas para mí, ¿no es así?

Nicola se lo quedó mirando un momento, sin atreverse a creer lo que le decían sus propios oídos (y sus ojos, y sus dedos que temblaban dentro de los guantes bajo el contacto de los labios del dios).

Y entonces, de manera sencilla y directa, él disipó todas las dudas que Nicola podía albergar.

—Cásate conmigo, Nicola.

Y a pesar de que madame Vieuxvincent se lo habría reprochado con vehemencia, Nicola lanzó los brazos al cuello del dios y le besó, allí en Park Lane, delante de todo el mundo.

siete

Y de esta forma la señorita Nicola Sparks se prometió a lord Sebastian Bartholomew, vizconde de Farnsworth.

Desde luego, a sus dieciséis años, era demasiado joven para casarse. A pesar de todo, como Nicola se apresuró a señalar, Julieta era todavía más joven cuando se casó con su Romeo. Al oír esto, Nathaniel masculló:

—Sí, y mira lo bien que les salió.

Pero nada podía disuadirla. Ni siquiera que lady Sheridan dijese que prefería un noviazgo largo y que, si Nicola hubiera sido su hija, la habría hecho esperar dos años, puesto que no creía que las jóvenes debieran casarse antes de cumplir los dieciocho.

Esto sólo sirvió para que Nicola se sintiera agradecida por el hecho de que fuera lady Farelly, y no lady Sheridan, su futura suegra. ¡Dos años! A Nicola le parecía una eternidad. Ya le molestaba bastante tener que esperar un mes antes de convertirse en la vizcondesa de Farnsworth, que era el tiempo que lady Farelly necesitaba para disponerlo todo y enviar las invitaciones. ¡Qué no sería esperar dos años!

Pero a Nicola le costaba mucho molestarse por nada... ahora que por fin se había cumplido su deseo más ardiente. Porque, ¿qué joven no esperaría un mes, o incluso dos, por el privilegio de casarse con un caballero como el dios? Nicola no podía imaginárselo. Era la envidia de todas sus amigas. Hasta Honoria estaba celosa, aunque por supuesto no por la misma razón que Stella Ashton, otra graduada de la academia de madame Vieuxvincent. No, Honoria estaba celosa porque Nicola había recibido dos proposiciones (¡dos!) en el mismo día, mientras que ella no había recibido todavía ninguna.

—Tú espera —le dijo Nicola—. Espera a que Charlotte y Martine terminen de quitar todas las plumas. Vas a tener proposiciones a montones.

Aunque a Nicola, en su estado de absoluta felicidad, le resultaba difícil pensar en otra persona que no fuera ella misma. Sobre todo cuando todo el mundo (bueno, todo el mundo menos el honorable Nathaniel Sheridan, claro) la felicitaba con tanta efusión y tanta alegría por el compromiso. Nana escribió desde la abadía de Beckwell ofreciéndole sus mejores deseos y prometiéndole que prepararía para los novios su famoso pastel de jengibre la primera vez que fueran a Northumberland una vez casados. Madame Vieuxvincent envió una felicitación junto con un ejemplar del libro de Mary Wollstonecraft, *Una reivindicación de los derechos de la mujer*, un libro de cabecera, según escribió, para cualquier joven que se dispusiera a crear una familia.

Hasta el Gallina, siendo un gallina, envió un ramillete de flores junto con sus más sinceros (o por lo menos eso escribió) deseos de prosperidad para la pareja. Eso y el reticente consentimiento del padre de Harold a prestarle suficiente dinero para un elegante ajuar, hacía completa su felicidad. El Gruñón llegó incluso a darle sus bendiciones..., aunque muy a regañadientes.

—Supongo que sabrás lo que haces —comentó cuando fue a visitar a Nicola poco después de enterarse de la noticia—. Aunque debo decir que mi Harold vale más del doble que tu vizconde.

Nicola se guardó sus opiniones al respecto.

Pero lo que no podía guardarse era su deleite: por el hecho de que el hombre al que amaba se le hubiera declarado, por su amor por su futura familia política, porque pronto se convertiría en vizcondesa...

Y por lo general todo este torrente de sentimientos se manifestaba en compañía de Eleanor Sheridan. Nicola no podía felicitarse por su buena fortuna delante de la hermana de su prometido, más que nada porque Honoria no tenía pretendiente alguno ni esperanza de tenerlo en un futuro próximo. Pero Eleanor también tenía noticias emocionantes: sir Hugh se le había declarado y ella había aceptado. La pareja tendría que esperar dos años antes de que pudieran celebrarse las nupcias (¡cómo se compadecía Nicola de su amiga!), pero por lo demás estaban delirantes de felicidad. Puesto que sir Hugh disponía de cinco mil libras al año y una mansión en Devonshire (por no mencionar un suministro al parecer infinito de pañuelos blancos), Nicola aprobaba la elección de su amiga, a pesar del bigote de su prometido.

Pero Nicola se llevó una buena sorpresa cuando vio que Eleanor no opinaba lo mismo de su futura boda con el vizconde. Incluso llegó a hacer la asombrosa declaración de que no estaba segura de que el dios fuera tan divino como creían.

Nicola quiso saber a qué se refería.

—No, es que Nat me ha contado unas cosas... —explicó Eleanor.

—Ya, Nat —dijo Nicola con desdén, inclinándose para examinar un sombrero en el escaparate de una tienda en la moderna calle Bond—. No me digas que ahora haces caso de lo que te dice tu hermano. Tiene muchos prejuicios, injustos e infundados, contra lord Sebastian.

—No son sólo prejuicios, Nicky —repuso Eleanor muy seria. Desde que conocía a sir Hugh, Eleanor se había vuelto muchísimo menos alocada. Era como si el buen humor de sir Hugh fuera suficiente para los dos y por tanto Eleanor se hubiera visto obligada a asumir el papel de adulta formal en la relación—. Cuando estaba en Oxford, Nat se enteró de cosas bastante malas sobre tu lord Sebastian.

—¡Mi lord Sebastian! —exclamó Nicola enderezándose—. ¡Me encanta! Hace menos de dos meses era el dios y ahora es mi lord Sebastian.

—Nicky, te hablo en serio. ¿Tú sabes que lord Sebastian es muy aficionado al juego? Y no te hablo sólo de las cartas y el billar, sino también de los caballos.

—También lo hace el príncipe de Gales —contestó Nicola, que en realidad conocía aquel hecho y le preocupaba un poco, pero suponía que eran sencillamente cosas de hombres y que no se podía hacer nada al respecto.

—Pero eso no es todo, Nicky. ¿Sabes que durante todo el tiempo que estuvo en la universidad no abrió ni un solo libro? Aprobaba sólo porque hacía años que Balliol no tenía equipo de remo y los decanos no querían echar a su mejor remero.

—Tonterías sin importancia. —Nicola daba vueltas a su sombrilla con cierta agitación—. No son más que rumores sin fundamento. De verdad, Eleanor, deberías saber que no está bien ir por ahí difundiendo habladurías...

—Nicky —insistió Eleanor, más seria que nunca—, ya sé que es muy guapo. Y también sé que es rico. Pero ¿qué tal es, como persona? ¿Acaso lo sabes?

—¡Por Dios bendito, Eleanor! Pues claro que lo sé. Es una persona que quiere casarse conmigo. ¿Es que eso no basta?

Sin embargo, antes de que Eleanor tuviera ocasión de contestar apareció de pronto el propio sujeto de su conversación, con un aspecto de lo más pulcro, con chaqué y chistera nuevos, balanceando con garbo un bastón de puño de plata.

—Cielo santo —exclamó al reconocer a Nicola y Eleanor, ante quienes se había quitado el sombrero por puro hábito al pasar junto a ellas—. ¡Qué golpe de suerte! Salgo de mi club un momento para tomar un poco de aire fresco, ¿y a quién me encuentro en la puerta? A dos de las más encantadoras damas de Londres. ¿Hacia dónde se dirigen? Las acompaño.

Las mejillas de Eleanor se pusieron de un delicado tono escarlata. El vizconde había estado a punto de sorprenderla hablando mal de él.

—No, si no hace falta. No hace falta, milord. Estamos esperando a mi hermano y a sir Hugh. Han entrado en el estanco y volverán en cualquier momento.

—Pues estupendo —dijo lord Sebastian con galantería—. Esperaré con ustedes su llegada. ¿De qué estaban hablando? ¿Del tiempo, que es magnífico? ¿O de ustedes mismas, que es todavía más magnífico?

Nicola saludó con una risita el ingenio de su prometido (aunque no pudo evitar reprobar interiormente su gramática). A Eleanor, sin embargo, no pareció causarle tan buena impresión. De hecho, parecía un poco nerviosa y no hacía más que mirar por encima del hombro, como ansiosa de ver aparecer a su hermano y a sir Hugh. A Nicola le parecía espantoso que las dos personas más importantes para ella no se llevaran mejor, de manera que intentó apaciguar los temores que Eleanor albergaba sobre su futura felicidad demostrando que eran del todo infundados.

—Qué coincidencia que pasara en este momento, milord —comenzó, con todo el encanto y la coquetería que pudo—, puesto que Eleanor me preguntaba por usted.

—¿Por mí? —El dios estaba examinando el reloj de oro que se había sacado del bolsillo—. ¿Qué decían de mí?

—Eleanor quiere saberlo todo de usted —repuso Nicola con una risa, agarrándolo del brazo.

El dios parpadeó con sus preciosos ojos azules.

—Ah, ya veo. Pues no hay mucho que decir, ¿no es así? Lo que ven es lo que hay.

—Eso mismo le estaba yo explicando —convino Nicola, dándole un apretón en el brazo—. Es usted como un libro abierto.

—Desde luego. Aunque un libro un poco aburrido, lamento decir. Un viejo tomo polvoriento de Walter Scott, por ejemplo.

Nicola dio un respingo al oír que calificaban de aburrido a su autor favorito, pero a pesar de todo prosiguió con su campaña con vistas a conseguir la aprobación de Eleanor.

—Justamente —afirmó con lo que esperaba que fuera una sonrisa encantadora—. ¿Por qué no le cuenta a Eleanor la entretenida historia que me explicaba anoche? —Al ver que lord Sebastian ponía cara de pasmo, Nicola le apuntó—:

¿No se acuerda? La historia del caballo que deseaba comprar en Tattersall's el otro día.

—¡Ah! —exclamó el dios, animándose—. Claro. Sí que era divertida, es verdad. Pues verá, había un caballo que...

Pero la divertida historia del caballo quedó interrumpida cuando una manita mugrienta tiró de la manga de lord Sebastian.

—Perdón, *ceñor* —ceceó una vocecilla—. ¿Una *limozna* para una pobre huérfana?

Lord Sebastian apartó el brazo de un tirón, alejándolo de aquellos dedos sucios y diminutos que se habían atrevido a tocarlo, y gritó alzando por instinto el bastón:

—¡Pero bueno! ¿Qué te crees que estás haciendo?

Aunque la criatura estaba tan cubierta de mugre y ceniza que era casi imposible discernir su género, Nicola sospechó por la longitud de su pelo que debía de ser una chica, y además, su corta estatura indicaba que era bastante pequeña. La niña se encogió temerosa, alzando un brazo para protegerse del golpe que esperaba recibir.

—¡Por favor, *ceñor*! —gritó—. ¡No quería mancharle! ¡Lo *ciento*, *ceñor*! ¡Lo *ciento* mucho!

Nicola se apresuró a interponerse entre el dios y la pilluela, no porque creyera que el vizconde fuera a golpear a la niña, sino porque parecía lo más sensato.

—Pues claro que no querías manchar el abrigo del caballero —dijo, con más calma de la que sentía—. Lo que pasa es que le has dado un susto. ¿No es así, señor?

El dios bajó el bastón con expresión de extrema irritación y se miró la manga.

—Es un abrigo nuevo —declaró con tono indignado—. Y mire, Nicola, ha dejado la marca de los dedos.

—No lo ha hecho a propósito. ¿A que no, pequeña?

Pero la niña, asustada por el bastón que el caballero había alzado con gesto tan amenazador, estaba llorando tanto que no podía ni contestar.

—Venga, venga —intentó tranquilizarla Nicola. Abrió su bolso y se agachó para enjugarle las lágrimas con un pañuelo blanco—. No llores más. Lord Sebastian siente mucho haberte asustado.

—¿Que lo siento? —El dios se estaba limpiando con gran diligencia la manga con otro pañuelo—. Desde luego que no. Mire qué mancha, Nicola. Esto no va a salir. Ya puedo tirar el abrigo.

—La mancha saldrá con un poco de agua de soda cuando lleguemos a casa —le informó Nicola. Luego se volvió hacia la mendiga—. Toma, anda. —Y le dio un chelín de su bolso. Un chelín era una pequeña fortuna..., suficiente para montar en la *Voladora*, y más que suficiente para un pastel de carne. El llanto de la niña se acalló en cuanto vio la moneda.

—¡Cielo santo, Nicola! —exclamó el dios con bastante asco mientras la niña, cuyas lágrimas se habían evaporado con la misma velocidad que aparecieron, agarraba el dinero y echaba a correr con un alegre grito de agradecimiento—. ¿Le ha dado un chelín a esa criatura después de que se atreviera a manosearme? Pero ¿en qué estaba pensando?

Nicola cerró su bolso.

—Pues claro que le he dado un chelín —contestó con cierta aspereza—. ¿Es que no la ha visto? Estaba medio muerta de hambre la pobrecita.

—Usted también estaría medio muerta de hambre si cada penique que lograra reunir se destinara a comprar bebida para su madre.

—La niña ha dicho que era huérfana —le recordó Nicola con cierta vehemencia—. No tiene madre.

—Pues claro que sí, Nicola. —El dios suspiró y puso los ojos en blanco—. Todos dicen que son huérfanos. Pero créame, esa niña tiene madre, y seguramente padre también, no me extrañaría. Y toda la familia se gana la vida gracias a las almas cándidas como usted. Y debo añadir que usted precisamente no dispone de demasiado dinero para irlo malgastando en gentuza como ésa.

—No sabe si estaba mintiendo, milord —repuso Nicola un poco picada. Se sentía muy irritada con él por razones que no alcanzaba a explicarse, de manera que habló en un tono más cortante del que la situación exigía—. Usted no sabe nada de nada.

Fue en extremo desafortunado que en ese preciso instante aparecieran Nathaniel Sheridan y sir Hugh.

—¿Qué es lo que no sabe lord Sebastian? —preguntó sir Hugh con su habitual buen humor.

—Por lo visto nada de nada —contestó el dios con similar jocosidad.

Sir Hugh miró a Nicola (ella estaba segura de que se había puesto colorada de vergüenza y no poca rabia) y luego a lord Sebastian, que estaba tan guapo y tan sereno como siempre, y lanzó un silbido.

—Ya veo que hemos llegado justo a tiempo —comentó sir Hugh, dando un codazo a Nathaniel— para contemplar la primera pelea de la feliz pareja.

—No era una pelea —terció Eleanor, para alivio de Nicola—. Lo que ha pasado es que Nicola le ha dado limosna a una niña huérfana y lord Sebastian ha sugerido que debía ahorrar el dinero para una causa más digna.

—Ah —exclamó Nathaniel, mirando a Nicola. Era de

lo más irritante que hubiese aparecido precisamente en aquel instante, justo cuando discutía con lord Sebastian... Bueno, no era ni siquiera una discusión, era sólo un... un desacuerdo. Y, además, sin importancia ninguna. Por desdicha, Nicola no conseguía mantener un aire de fría indiferencia delante del hermano de Eleanor, tal como madame sostenía que era propio de una dama—. Pero ésta es la cuestión —prosiguió Nathaniel, él sí con fría indiferencia, como Nicola no pudo por menos de advertir—. Es lógico que Nicola, siendo ella huérfana, no pueda resistirse a la petición de ayuda de otros huérfanos, sobre todo de aquellos menos afortunados que ella.

Era una explicación tan cercana a sus sentimientos que Nicola estuvo a punto de gritar. ¿Cómo demonios podía saberlo Nathaniel? Era casi como si le hubiera leído el pensamiento.

—¡Venga, hombre! —exclamó lord Sebastian con desdén—. Es imposible que Nicola piense que tiene nada en común con esas criaturas zarrapastrosas que ensucian las calles, siempre mendigando una limosna. ¿No es cierto, Nicola?

Notando sobre ella la serena mirada del dios, Nicola se sonrojó, como sucedía casi siempre que el vizconde la miraba. ¿Cómo podía evitarlo, dado que el dios era el hombre más guapo del mundo? Y, milagro de milagros, era suyo. ¡Todo suyo!

Pero hasta los dioses se equivocan de vez en cuando.

—Por supuesto —convino con Nathaniel, intentando mantener un tono de voz tan desdeñoso como el de lord Sebastian—. Un huérfano es un huérfano al fin y al cabo. Y en realidad ha sido sólo por la gracia de Dios que yo no he tenido que vivir como vive esa pobre niña. Mi padre, por lo menos, me dejó bien atendida. Hay muchos huérfanos que no tienen la suerte que yo he tenido.

Fue un discurso de lo más impresionante, en opinión de Nicola. Vio admiración en la cálida mirada de Eleanor. Hasta sir Hugh parecía impresionado.

¿Y Nathaniel? Bueno, Nathaniel Sheridan nunca se dignaba a admirar nada de lo que hiciera Nicola. Pero incluso él, por una vez, parecía menos inclinado de lo habitual a reírse de ella.

Por desdicha, sin embargo, el dios no parecía compartir la inclinación de Nathaniel, puesto que se echó a reír de buena gana y, agarrando a Nicola de la mano, gritó:

—¡Ay! ¡Juro que es usted la criatura más encantadora del mundo! ¡Como si pudiera llegar a encontrarse en una situación parecida a la de esa penosa niña! Por muy huérfana que sea, Nicola, jamás se encontraría sola y sin amigos, suplicando una migaja para poder comer. Es usted demasiado hermosa.

Y aunque aquello era muy halagador, Nicola no pudo evitar pensar que el dios no había llegado a entender su discurso.

A pesar de todo lo perdonó, porque parecía haberle hecho aquel cumplido de corazón. ¿Y qué clase de chica podía estar enfadada mucho tiempo con un caballero tan apuesto como lord Sebastian? Nicola desde luego no.

Aunque a partir de entonces tuvo buen cuidado en alejarle del camino de cualquier niño mendigo que pudiera cruzarse con ellos.

ocho

—Es una persona que quiere casarse conmigo —le había dicho Nicola a Eleanor con referencia al vizconde—. ¿Es que eso no basta?

Pero más tarde, sola en su habitación, en casa de los Bartholomew, no pudo evitar preguntarse si realmente con aquello bastaba. Al fin y al cabo el Gallina también quería casarsc con clla y... Bueno, menuda clase de persona era: una persona que se desmayaba a la vista de la más ligera curiosidad biológica y que había sugerido que una joven como Nicola no podía saber nadar y que jamás podría ser amada por un caballero como el dios. Una persona desagradable y espantosa. Así era Harold Blenkenship.

Lord Sebastian no era desagradable ni espantoso. Sí, cierto, era completamente intolerante con los niños mendigos. Pero a nadie le gustaban los niños mendigos. Era muy triste verlos en la calle, tendiendo las manitas para pedir limosna que, en eso el dios seguramente tenía razón, serviría sólo para comprar bebida a sus padres. Nicola no podía reprocharle que sintiera aversión por esas criaturas. Y aunque ella había logrado, con un poco de agua de soda, quitar la mancha del abrigo de lord Sebastian, era cierto que le había costado y que la manga no había quedado tan impoluta como antes.

Y sí, era verdad también que el dios tenía genio. A Nicola le había sobresaltado advertirlo por primera vez el día que había alzado el bastón como para golpear a la pobre niña huérfana. Pero la mayoría de los hombres tenían mal genio. No era por fuerza algo malo. Y además, al final lord Sebastian no había golpeado a la niña. Era evidente que había controlado su genio. Y eso era más de lo que podía decirse de muchos hombres.

Y Nicola nunca había visto al dios golpear a ninguno de sus caballos. Antes bien al contrario, su afecto por los animales era conmovedor.

Y sí, lord Sebastian parecía disfrutar de alguna que otra partida de cartas. Pero eso no le convertía en un jugador empedernido. Simplemente le encantaba la emoción del juego.

Y aunque podía desconocer las obras de la mayoría de los poetas que Nicola admiraba, eso tampoco le convertía en un asno. Lord Sebastian era simplemente una persona atlética que no tenía tiempo de leer, con tantas salidas para ir a tirar al blanco y tantas partidas de billar.

Nathaniel no era precisamente un atleta (bueno, montaba a caballo, eso sí, pero no le gustaba el tiro al blanco y mucho menos el billar) y parecía que su idea de pasar bien el día era sumando largas columnas de números en lugar del administrador de fincas de su padre. Así que era natural que no le cayera bien una persona como lord Sebastian, aunque sólo fuera porque eran dos hombres muy diferentes. Tal como ella le había dicho a Eleanor, eran prejuicios y nada más. Nathaniel tenía prejuicios contra el dios por la sencilla razón de que el dios era muy distinto a él. Nicola le había asegurado a Eleanor que aquello se le pasaría en cuanto Nathaniel y el dios llegaran a conocerse mejor.

Pero hasta entonces, la relación de Nicola con el hermano de su mejor amiga no iba a ser muy agradable. Aquello quedó claro a la noche siguiente, cuando se encontró con Nathaniel Sheridan en Almack's (¿dónde si no?).

Nathaniel se estaba sirviendo un ponche. Nicola ya había agotado sus tres bailes con el dios esa noche y no le parecía bien aceptar invitaciones de nadie más, puesto que al fin y al cabo era casi una mujer casada, de manera que se dispuso a beber algo, dado que en la sala hacía más calor de lo habitual. Vio a Nathaniel en la mesa de los refrescos, porque de otra forma no se hubiese aventurado a acercarse a él. Su noviazgo era todavía muy reciente y sentía que tenía que protegerlo. No quería que nadie hablara mal de él ni de su futuro esposo, aunque fuera en tono de broma.

Pero no tenía por qué preocuparse. Nathaniel la vio, de eso Nicola estaba segura. Sus miradas se cruzaron por encima del ponche. Pero él no dijo ni una palabra. Se limitó a alzar los dos vasos que llevaba (por lo visto había ido a buscar ponche para él y para otra persona) y se alejó hasta que su pulcro traje de etiqueta negro se fundió en un mar de trajes similares y Nicola no pudo distinguirlo.

Se quedó allí atónita un minuto entero antes de darse cuenta del alcance tremendo de lo sucedido. ¡Nathaniel la había ignorado!

Nicola había oído hablar de ello antes, por supuesto. Madame les había advertido muy seriamente sobre los peligros de que alguien las ignorase, o de ignorar socialmente a otra persona a la que una conocía. Ignorar a alguien era muy inmaduro, de muy mala educación y lo más cruel que una persona podía hacer a otra.

A pesar de todo, a veces era necesario. Un pretendiente demasiado insistente tenía que ser ignorado en algunas ocasiones para que una dama no perdiera su reputación. Y, naturalmente, si una joven iba propagando rumores difamatorios acerca de otra, la joven objeto de tales rumores tenía todo el derecho a ignorar a quien iba hablando de ella.

Pero ¿que Nathaniel Sheridan la ignorase a ella, Nicola Sparks, la mejor amiga de su hermana? ¡Ese comportamiento no tenía excusa!

Bueno, pues si Nathaniel pensaba que se iba a salir con la suya, estaba muy equivocado. Nicola no era de las que aceptaban dócilmente una afrenta como ésa.

De manera que dejó la copa de ponche y se sumergió en el mar de trajes negros en el que había desaparecido Nathaniel, decidida a encontrarlo y a obligarle a disculparse por su grosera e intolerable actitud. No era ésta la reacción que madame Vieuxvincent recomendaba a las pupilas que se encontraban en la ignominiosa situación de ser ignoradas. Enfrentarse a la persona en cuestión no era el método apropiado para resolver el problema. Pero Nicola estaba demasiado enfadada para tener en cuenta lo que madame le hubiera recomendado hacer. Lo único que podía pensar era que Nathaniel Sheridan se iba a arrepentir del día en que había ignorado a Nicola Sparks.

Tal vez por eso, cuando el dios se le acercó un instante después, ella le apartó con un cortante:

—Ahora no, milord.

En aquel momento no tenía tiempo para dioses. Había un mortal al que necesitaba aclararle sin tardanza unas cuantas cosas.

Lo encontró junto a una ventana, charlando amistosamente con la señorita Stella Ashton, que llevaba un vestido de un espantoso color amarillo que confería a su piel un tono mucho más cetrino de lo que era en realidad. De manera que Nathaniel había ido a buscar ponche para la señorita Ashton. Los dos miraban algo en la calle, más abajo, y se estaban riendo.

¡Riéndose! Nicola estaba tan furiosa que creyó que iba a estallar en llamas en ese mismo momento.

—Les ruego que me perdonen —dijo, interrumpiendo una conversación privada (desde luego madame no lo hubiese aprobado en modo alguno).

Stella Ashton alzó la vista.

—Ah, señorita Sparks —saludó con dulzura—. Buenas tardes.

—Buenas tardes, señorita Ashton —repuso Nicola haciendo un gesto con la cabeza. Luego se volvió hacia Nathaniel, que la miraba como si se hubiera vuelto loca—. ¿Puedo hablar un instante con usted, señor Sheridan? ¡A solas!

Nathaniel alzó una ceja con evidente regocijo, pero se limitó a decir:

—Desde luego. —Dejó el ponche en el alféizar de la ventana y se inclinó ante el rostro cetrino de Stella—. ¿Sería tan amable de excusarme unos instantes, señorita Ashton?

Stella parpadeó con sus ojos grandes y, en opinión de Nicola, insulsos.

—Por supuesto —contestó confusa, como si Nicola, en lugar de pedir permiso para robarle a su acompañante un momento, hubiera anunciado que había un incendio en la sala.

Unos minutos más tarde, en un rincón en penumbra, apartados de los bailarines y a cierta distancia de los músicos, de manera que el ruido no fuera tan insistente, Nicola se giró bruscamente para enfrentarse a Nathaniel. Se alarmó un poco al ver que el rostro de Nathaniel estaba a pocos centímetros del suyo. No se había dado cuenta de que estuviera tan cerca de ella. A pesar de todo, si retrocedía, podía dar a entender que el joven la intimidaba, cosa que no podía estar más lejos de la verdad.

—Pero ¿quién te crees que eres para ignorarme, Nathaniel Sheridan? —preguntó suficientemente fuerte para que él la oyera por encima de la música pero Stella Ashton, que los miraba con mucha atención, no se enterase.

Nathaniel tuvo por lo menos la decencia de sonrojarse.

—Yo no te he ignorado, Nicky —respondió con expresión avergonzada y aquel sempiterno mechón de pelo sobre los ojos, de manera que Nicola no se los podía ver—. Quiero decir, señorita Sparks.

—Desde luego que sí —afirmó Nicola—. Me has mirado directamente en la mesa del ponche, ahora mismo, ¡y luego te has marchado sin decir ni una palabra!

—Porque no se me ocurría nada que decir.

—Ya, y supongo que sencillamente darme las buenas noches hubiera sido algo demasiado banal para alguien de tu extrema agilidad mental, ¿no? —Nicola se sintió bastante orgullosa de sí misma por su réplica. Nathaniel Sheridan se lo tenía demasiado creído. ¡Mira que considerar que la poesía era una pérdida de tiempo!

—Debería haberte dado las buenas tardes —contestó inesperadamente Nathaniel—. Tienes toda la razón.

Nicola, que esperaba una pelea mucho más larga y acalorada, quedó sorprendida por aquella súbita capitulación. Era la primera vez que Nathaniel estaba tan dispuesto a aceptar cualquier acusación que viniera de ella.

—¿Te encuentras bien? —preguntó preocupada.

Nathaniel se la quedó mirando, con los ojos todavía ocultos tras el pelo.

—Pues claro que sí. ¿Por qué lo dices?

—Bueno, pues porque es muy raro que me dejes ganar en una discusión. —Nicola le miró con los ojos entrecerrados—. ¿Seguro que no estás sufriendo una fiebre palúdica?

—Sí, seguro. —Nathaniel echó de pronto la cabeza atrás de manera que el mechón de pelo se apartó de sus ojos y Nicola vio con toda claridad la expresión que había en ellos. Era enfado—. Pero tal vez debería yo preguntarte lo mismo. ¿En qué estabas pensando para acceder a casarte con ese sinvergüenza?

Nicola lanzó una exclamación. Debería haberlo visto venir. De todas formas no esperaba que Nathaniel hablara con tanto descaro.

—Si es a lord Sebastian a quien te refieres con esa grosería —replicó altanera—, la respuesta es muy sencilla, aunque desde luego no es asunto tuyo. Resulta que le amo. Y él mc quiere.

—¿Ah, sí? —dijo Nathaniel con frialdad, alzando una ceja—. ¿Es eso cierto?

—¡Por supuesto que me quiere! —exclamó Nicola, tan horrorizada como si hubiera recibido un bofetón—. ¡Pero, Nat! ¿Por qué me iba a pedir que me casara con él si no me quisiera?

—No lo sé —contestó Nathaniel en el mismo tono helado—. ¿Acaso te lo ha dicho?

—¿Qué me tiene que decir? —Nicola advirtió que Stella Ashton no era la única de la sala que los contemplaba con curiosidad. Varias personas habían interrumpido sus conversaciones y los miraban fijamente. Nicola estaba tan indignada que hablaba casi en un trémulo chillido. Sabía que madame Vieuxvincent se lo hubiera reprochado, puesto que una dama jamás hace una escena. Pero, dadas las circunstancias, Nicola se sentía con derecho a ello.

—Que te ama —contestó Nathaniel, con forzada paciencia.

Nicola deseaba con todo su ser replicar que se lo había dicho, que se lo decía cien veces al día desde el momento de su compromiso. Pero la verdad era que lord Sebastian era un pretendiente bastante despreocupado. Ni una sola vez había mencionado la palabra amor..., por lo menos en relación a Nicola. Amaba su nuevo caballo de caza, de ocho palmos de altura y con el cuello tan curvo como el de un cisne. Adoraba su nuevo chaleco marrón topo, que Nicola le había hecho con los restos de una capa que había descosido para convertirla en una encantadora chaqueta.

Pero ni una sola vez le había dicho que la amaba.

¿Qué significaban no obstante las meras palabras para dos personas entre las que existía un lazo tan fuerte y eterno como el que unía a Nicola y lord Sebastian? El vizconde había demostrado que la quería en multitud de ocasiones. ¿Acaso no era suficiente prueba el anillo de diamantes que Nicola llevaba en el dedo?

Pero antes de que pudiera expresar nada de esto, Nathaniel se le adelantó:

—De manera que no te lo ha dicho —declaró con crueldad—. Ya me lo imaginaba. Pregúntaselo, Nicola. O, por Dios bendito, pregúntate a ti misma por qué un hombre en la posición de Bartholomew accedería a casarse con una joven huérfana que sólo cuenta con cien libras al año.

Nicola resopló indignada. ¡Pero bueno! ¡Nathaniel hablaba exactamente igual que el Gallina!

—Adelante —insistió Nathaniel—. Te desafío a que se lo preguntes.

—¿Y qué te imaginas que me va a contestar? Es obvio que lo sabes, porque si no, no te mostrarías tan seguro —replicó ella furiosa—. Pues si sabes algo que yo ignoro, dímelo de una vez. No sé por qué no me lo has dicho ya. Hasta ahora nunca has tenido muchos escrúpulos por herir mis sentimientos.

Este último comentario, por alguna razón, provocó un espasmo en un músculo del mentón de Nathaniel que Nicola jamás había advertido antes.

—Muy bien. ¿No te importa que te hieran? Entonces pregúntale a tu amorcito sobre Pease.

—¿Pease? ¿Y eso qué es?

—Es un nombre. Pregúntale a tu precioso lord Sebastian sobre Edward Pease, a ver qué te dice.

—¿Y quién es Edward Pease?

—Eso te lo dirá lord Sebastian —replicó Nathaniel—. Bueno, si es la mitad de hombre de lo que tú crees.

—Me lo dirá —afirmó Nicola con una confianza que no sentía—. Lord Sebastian me lo cuenta todo. No existe un solo secreto entre nosotros. Los dos somos como un libro abierto.

—Entonces no tienes de qué preocuparte. ¿Verdad?

—No, no tengo de qué preocuparme —aseguró Nicola con altanería—. No podría ser más feliz.

—Y a mí nada me complace más que oír eso. No te olvides de preguntárselo.

—Sobre Edward Pease. No lo olvidaré. Se lo preguntaré esta misma noche. O si no, mañana por la mañana.

—Muy bien. Hazlo.

—Muy bien. Lo haré.

—Muy bien.

—Muy bien.

Dándose cuenta de que podían pasarse varias horas diciendo lo mismo, Nicola dio media vuelta y echó a andar. Pero no llegó muy lejos antes de que su vista cayera sobre Stella Ashton, que todavía la miraba fijamente con una expresión atónita en su bonito rostro.

Aunque le hubiera gustado hacer una salida dramática, no pudo evitar detenerse un instante y volverse hacia la joven para susurrar:

—Señorita Ashton, ese tono de amarillo no la favorece. Tiña el vestido de otro color. En mi opinión le iría muy bien un burdeos oscuro o un azul.

Y antes de que Stella atinara a pronunciar palabra, Nicola salió de la sala como una exhalación, para huir lo más deprisa posible de la penetrante mirada del hermano de Eleanor.

nueve

—¿Quién es Edward Pease? —preguntó Nicola a la mañana siguiente, durante el desayuno.

Lord Farelly, que untaba de mantequilla una tostada, dejó caer tanto el cuchillo como el pan y soltó una palabrota que hirió los oídos de todas las damas presentes.

—¡Jarvis! —exclamó lady Farelly—. ¡Pero bueno! Menudo lenguaje, ¡y en la mesa del desayuno nada menos!

Lord Farelly, que se había puesto como un tomate, masculló una disculpa y aceptó el cuchillo que le tendía un criado antes de tomar otra tostada.

—Bueno, ¿de qué estábamos hablando? —prosiguió lady Farelly—. Ah, sí. Honoria, querida, tenía intención de preguntarte, ¿el traje que llevabas anoche en Almack's es nuevo? Porque no creo haberlo visto antes. Sé que tenías uno de un tono parecido, pero estaba adornado con plumas de avestruz, recuerdo, y no con grecas doradas.

—Es el mismo vestido, mamá —contestó Honoria mientras se echaba azúcar en el café—. Según Nicola las plumas eran demasiado llamativas y distraían la atención de mi belleza natural.

—¿Ah, sí? —Lady Farelly parecía muy sorprendida—. Vaya, señorita Sparks, debo felicitarla. Desde luego el vestido ha quedado muchísimo mejor.

—Gracias, señora —contestó Nicola con cortesía.

Pero la cortesía era fingida. En realidad no se sentía cortés en absoluto. Era muy consciente de que no habían respondido a su pregunta. Y no sólo no la habían respondido, sino que además la habían ignorado por completo..., la habían barrido bajo la alfombra, podía decirse, como las migas de la tostada que había tirado lord Farelly.

Menudo fastidio, pensó Nicola.

Hasta ese momento había considerado que todo aquel asunto de Edward Pease era una tontería, algo que Nathaniel había inventado sobre la marcha debido a la envidia extrema que sentía por lord Sebastian (claro que no era que Nathaniel sintiera nada por ella, aparte del afecto fraternal que albergaba por Eleanor; pero ¿qué joven no tendría envidia de lord Sebastian, que era un dios viviente?).

Pero ahora no podía evitar preguntarse qué era lo que Nathaniel sabía. Porque era evidente que sabía algo. No se había inventado el nombre de Edward Pease así porque sí. Eso había quedado claro por la reacción de lord Farelly.

Pero ¿de dónde lo habría sacado? ¿Y qué tenía que ver ese nombre con ella y el dios?

Nicola sabía que no serviría de nada preguntárselo a Eleanor, que sólo podía pensar en sir Hugh y nada más que en sir Hugh. Y el orgullo le impedía pedirle a Nathaniel que se explicara mejor. Nathaniel le había dicho que se lo preguntara a Sebastian.

Pero cuando Nicola planteó el tema, lord Sebastian fue el único de la mesa (bueno, con excepción de Honoria) que siguió comiendo como si nada, como si no tuviera ni la más ligera idea de lo que Nicola decía.

Esa misma mañana, mientras el vizconde se disponía a marcharse a dar su paseo diario a caballo, Nicola se le acercó y, después de cerciorarse de que los padres del dios no podían oírles, preguntó:

—Lord Sebastian... estaba yo pensando... ¿usted sabe quién es Edward Pease?

Mientras se ponía los guantes, el dios la miró sonriendo con cariño. Nicola estaba segura de que no podía equivocarse. Era cierto sin duda que el dios le tenía cariño.

Y los besos que se habían dado (sólo un día, por cuestión de decoro, y sólo cuando ya se iban a retirar a sus respectivas habitaciones por la noche) también fueron muy cariñosos. Pensara lo que pensase Nathaniel, era evidente que lord Sebastian no se iba a casar con ella en contra de su voluntad. Al vizconde le gustaba Nicola. Por lo menos un poco.

—¿Cómo dice? —preguntó él, tendiendo la mano para tocar uno de los relucientes rizos negros de Nicola, que había escapado de su peinado—. No he oído hablar jamás de ese hombre. ¿Qué ha hecho? Espero que no intente robarme a mi chica.

Nicola sintió una oleada de alivio. Lord Sebastian no sabía quién era Edward Pease. De eso estaba segura. Lord Sebastian no tenía ni idea. Así que Nathaniel estaba equivocado.

Sólo que...

Sólo que Nathaniel nunca se equivocaba. Bueno, juzgando a la gente sí que erraba muy a menudo. De hecho, con el dios se había equivocado de medio a medio. Pero Nathaniel Sheridan no solía equivocarse en cuestiones como aquélla.

Y fue precisamente esto lo que la impulsó a hacer lo que hizo a continuación, poco después de que lord Sebastian se marchara de casa: dijo que tenía migraña y que debía acostarse.

Nicola muy rara vez se ponía enferma, de manera que su dolor de cabeza causó cierta preocupación a los Bartholomew. Lady Farelly tuvo la amabilidad de ofrecerse a cancelar la cita que tenía con la modista para quedarse con ella, por si necesitaba hielo o alguna otra cosa. Y lady Honoria insistió en anular el pícnic que tenía planeado con Phillipa y Celestine Adams mientras Nicola se encontrase indispuesta. Ella también se quedaría junto al lecho de su querida amiga en su hora de necesidad.

Nicola, aunque conmovida por aquel gesto fraternal, se vio al mismo tiempo algo irritada por él. Porque si tanto lady Farelly como Honoria se quedaban junto a su cama, no podría hacer lo que tenía pensado y para lo cual había ofrecido la excusa del dolor de cabeza.

De manera que suplicó a las damas de la casa que siguieran con sus planes originales, que ella sólo quería dormir. Si necesitaba hielo, podría pedírselo a Martine. El hecho de que lady Honoria y su madre cancelaran sus citas por ella no haría más que perturbarla.

No resultó fácil, pero al final logró convencerlas de que la dejaran sola. En cuanto oyó cerrarse la puerta de la casa, Nicola se levantó de la cama de un brinco y Martine, que se disponía a ir a buscar el hielo, se llevó un buen susto.

—No pasa nada, Martine —declaró Nicola, inclinándose para abrocharse los zapatos—. Estoy estupendamente. Pero anda, hazme un favor. Si oyes que alguien vuelve, da un silbido, sobre todo si se trata de lord Farelly, ¿quieres?

Martine, escandalizada por el comportamiento de su

señora, dijo que no pensaba hacer nada parecido y adoptó una actitud bastante irritante hasta que Nicola le dio un soberano y la apremió para que se ocupara de sus propios asuntos. Después de aquello, Martine se retiró a un rincón con su costurero y una expresión sombría, mascullando en francés en contra de las jovencitas que metían las narices donde no les correspondía y acababan perdiéndolas.

Nicola, aunque entendía el francés a la perfección, no hizo caso alguno de su doncella y salió de la habitación con la clara intención de meter las narices justo donde no le correspondía, es decir, en el estudio privado de lord Farelly. No estaba muy segura de lo que esperaba encontrar, pero si existía alguna posibilidad de descubrir una pista sobre la identidad de Edward Pease, imaginó que sería allí. Era evidente que lord Farelly había oído hablar de tal personaje, aunque su hijo no le conociera, y era posible que incluso hubieran intercambiado correspondencia. Y esa correspondencia podía encontrarse en la mesa del conde, donde Nicola podía leerla sin querer.

Tanto fisgonear como escuchar conversaciones ajenas eran actividades que madame Vieuxvincent deploraba profundamente. Y Nicola no se hubiese rebajado a ninguna de ellas si lord Farelly se hubiera tomado la molestia de responder a su pregunta.

Pero puesto que había considerado oportuno evitar el tema, y no con mucha sutileza, Nicola pensó que tenía todo el derecho del mundo a fisgonear.

A pesar de todo, mientras recorría el pasillo alfombrado que llevaba al estudio de lord Farelly, no pudo evitar mirar atrás nerviosa varias veces, temiendo ver al acecho a algún criado. Pero no encontró a ninguno y cuando por fin puso la mano en el pomo de la puerta logró entrar en la sala de paredes de caoba sin que nadie la viera.

Lord Farelly se había marchado a su oficina de la calle Bond después de desayunar, sin contestar a la pregunta de Nicola. Su estudio, que también era la biblioteca familiar, estaba impregnado de un acre olor a pipa, puesto que al señor de la casa le agradaba fumar cuando estaba a solas. Las paredes estaban forradas de libros y algún que otro retrato de un antepasado de los Bartholomew. Ninguno de ellos había sido ni mucho menos tan agraciado por la naturaleza como lord Sebastian. De hecho, parecía haber una cierta tendencia a la obesidad en la familia. El conde, por lo menos, no estaba precisamente delgado.

Pero Nicola no había ido a meditar sobre el posible aspecto de su futuro marido al cabo de veinte años. Había ido allí a fisgonear.

De manera que se puso a fisgonear.

Era todo un arte rebuscar en los cajones de otra persona sin dejar evidencia alguna de tal actividad, pero Nicola era persona avezada en estos trucos puesto que, por lo general, le tocaba siempre a ella registrar los cajones de la mesa de madame Vieuxvincent cuando la necesidad de sustento impulsaba a las pupilas a realizar excursiones nocturnas a la despensa, para lo cual hacía falta la llave de la cocina. Por mucho que madame Vieuxvincent cambiara la llave de escondrijo y por mucho ingenio que pusiera en ocultarla, Nicola siempre la encontraba. Y a la mañana siguiente, cuando la cocinera gritaba por el pastel de chocolate desaparecido y madame exigía saber quién había cometido la fechoría, Nicola siempre era capaz también de negarlo todo con expresión inocente. No la habían sorprendido con las manos en la masa ni una sola vez y dudaba de que sospecharan siquiera de ella. Al final resultó que era una ladrona consumada.

No tardó mucho en lograr la victoria en su actual empresa. Mientras rebuscaba en el cajón central de la mesa de lord Farelly, encontró un fajo de cartas del mismísimo señor Edward Pease. Dispuesta a pasar una tarde de lectura, Nicola se acurrucó detrás de la mesa para no ser descubierta en caso de que alguna doncella entrara en el estudio a limpiar el polvo.

Lo que Nicola leyó la desconcertó y la perturbó a la vez. El señor Edward Pease, no tardó en averiguar, trabajaba para una compañía llamada Stockton and Darlington. Curiosamente, Stockton y Darlington eran pueblos no muy alejados de la abadía de Beckwell.

Y lo que era más interesante, el señor Pease parecía tan fascinado por los trenes como el propio lord Farelly. La mayoría de la correspondencia tenía que ver con experimentos en el terreno de la locomoción, como por ejemplo una cosa llamada el Blutcher, una locomotora que se estaba utilizando en Killingworth Colliery. El Blutcher, según el señor Pease, podía transportar el mismo peso en carbón que diez carretas de caballos, y realizar el transporte una y otra vez sin descanso entre un viaje y otro, a diferencia de los caballos.

Nicola no tardó en saber más del Blutcher que de ninguna otra cosa sobre la que jamás se hubiera interesado. No comprendía cómo podía haber gente capaz de obsesionarse tanto con una máquina, por muy revolucionaria que fuera. Lord Farelly sin duda encontraba todo aquello tremendamente interesante, pero Nicola ya estaba aburrida al llegar al segundo párrafo.

Y, a pesar de todas las molestias que se había tomado,

no descubrió nada en absoluto que hiciera referencia a ella. Ni una sola mención de su nombre ni conexión alguna que respaldara la declaración de Nathaniel de que existía algo sospechoso en el afecto que lord Sebastian sentía por ella.

En cuanto a Edward Pease, no era más que alguien que al parecer compartía el gran entusiasmo de lord Farelly por las locomotoras. Eso era todo.

Nicola estaba complacida, y al mismo tiempo un poco enfadada consigo misma por haber permitido que Nathaniel la hiciera dudar del dios. Lo que era peor, Nathaniel la había hecho dudar de su propio criterio, y eso sí que era fastidioso. Justo cuando estaba poniendo las cartas en el mismo orden en que las había encontrado, una hoja de papel cayó del montón al suelo. Nicola fue a devolverla a su sitio sin apenas echarle un vistazo, cuando algo le llamó la atención.

Era un pliego de papel más pequeño que los demás, pero en lugar de ser un escrito, era un dibujo. Al principio Nicola no le vio sentido alguno. Le dio varias vueltas. Le resultaba familiar aunque no sabía exactamente por qué.

Y de pronto se dio cuenta. La línea sinuosa del centro del dibujo era el río Tweed. Conocía aquel río como la palma de su mano. Era el mismo río en el que desembocaba el arroyo que pasaba por la abadía de Beckwell, el mismo arroyo en el que el Gallina había intentado evitar que ella se bañara. Entonces supo que aquello era un mapa de la región de Northumberland, su hogar.

Pero a pesar de haber reconocido el río Tweed, no comprendía qué significaban las otras marcas. La mina de Killingworth Colliery (la reconoció por su emplazamiento en el río) estaba señalada con una X, y de esa X partía una doble línea que serpenteaba a lo largo del río, cruzada cada tres milímetros por un trazo transversal, como una escalera. Atravesaba la zona del mapa donde se encontraba la abadía de Beckwell (si el que había dibujado el mapa se hubiera molestado en dibujarla) y llegaba hasta Stockton, un pueblo situado a varios kilómetros de Beckwell.

Pero el autor del mapa (y Nicola suponía que sólo podía haber sido Edward Pease, el autor de todas las cartas que todavía tenía en la mano) no había dibujado la abadía. O tal vez desconocía el terreno. Porque aquella carretera (si es que aquello era una carretera) entre Killingworth y Stockton no existía.

Y entonces, mientras daba vueltas al mapa intentando encontrarle algún sentido, Nicola cayó de pronto en la cuenta:

Aquello no era una carretera. ¡Era una línea de ferrocarril!

Nicola estaba segura. Tenía un aspecto idéntico a la pista sobre la que corría la *Voladora*.

Y la línea férrea atravesaba todo el terreno de la abadía de Beckwell.

Tan absorta estaba en el mapa que no oyó unos pasos al otro lado de la puerta del estudio. De hecho, no se dio cuenta de que no estaba sola hasta que oyó una tos. Agachada detrás de la mesa, Nicola se quedó paralizada, sin atreverse casi a respirar.

Aguzando el oído, puesto que detrás de la mesa no veía nada, Nicola intentó determinar quién había entrado en la habitación. Si se trataba de una de las doncellas, o de Jennings, el mayordomo, no corría peligro.

Pero si era lord Farelly e intentaba sentarse a su mesa y descubría que en el lugar donde debía meter las piernas estaba Nicola, la joven se encontraría en un buen apuro.

Alguien tosió de nuevo y entonces oyó:

—Ah, ahí está. Ya le he dicho que se lo habría dejado. Un día de estos se va a dejar la cabeza.

Nicola sintió un escalofrío de alivio. Era sólo la señora Steadman, el ama de llaves. Asomándose por detrás de la mesa la vio salir de la habitación con uno de los abrigos del dios bajo el brazo. Lord Sebastian se lo había dejado allí la otra noche, cuando su padre le había llamado para tomar un coñac antes de irse a la cama.

La puerta del estudio se cerró tras el ama de llaves y Nicola pudo respirar sin temor. Se apresuró a guardar las cartas donde las había encontrado, luego echó un rápido vistazo a la sala para asegurarse de no dejar ninguna señal de su presencia. Todo estaba en su sitio. Lo único que lord Farelly no encontraría sería su mapa, que ya no estaría porque Nicola se lo había metido en la manga. Seguramente el conde se preguntaría cómo había desaparecido, pero Nicola dudaba de que llegara a sospechar de ella en ningún momento. Al fin y al cabo, era una dama.

Una dama que tenía que realizar una llamada, con migraña o sin ella.

diez

Se estaba retrasando.

Claro que Nicola no podía reprochárselo demasiado. Al fin y al cabo, después de su último encuentro (o más bien el penúltimo, puesto que ahora se verían otra vez), el joven no tenía muchos incentivos para desear verla.

Aun así, era una grosería hacer esperar a una dama. Sobre todo a una dama que no llevaba escolta alguna y que a cada instante corría el grave peligro de ser descubierta. Porque si lady Honoria (o, Dios no lo quisiera, su madre) llegaba por casualidad a casa antes de que Nicola volviera y descubrían que no estaba, tendría que dar muchas explicaciones. Las damas no conciertan citas clandestinas con caballeros en los parques públicos..., ni siquiera con caballeros a los que les une un parentesco.

—¿Una limosna, señorita?

Nicola se sobresaltó. Junto al banco donde estaba sentada había aparecido una anciana con un grueso chal sobre la cabeza y los hombros (demasiado grueso, pensó Nicola, dado el calor que hacía esa tarde), y tendía hacia ella una mano nudosa y retorcida.

—¿Medio penique? —insistió la anciana esperanzada—. ¿Una monedita, lo que sea, preciosa?

Nicola, con el corazón martilleándole todavía en el pecho (y dado lo que había sucedido la última vez que estuvo en aquel mismo parque no le pareció injustificado estar tan nerviosa), abrió el bolso y le dio un penique a la anciana.

—Que el señor os bendiga. —La vieja bruja (porque eso es lo que era, además de necesitar un baño como el comer; si no hubiera estado alojada con los Bartholomew, Nicola se la habría llevado a casa para intentar lavarla un poco, porque a Nicola le encantaba embarcarse en proyectos personales) se alejó hacia la pareja que ocupaba el siguiente banco. Nicola no pudo por menos que advertir que la pareja había logrado escapar de su carabina, o tal vez eran unos recién casados, porque no parecían capaces de dejar las manos quietas y no hacían más que toquetearse el uno al otro. Nicola había escogido aquel banco porque no se veía desde el camino de los carruajes. Por desdicha no era la única que deseaba intimidad. Por fortuna el dios y ella sabían dominarse un poco más que algunas personas...

—¿Nicola?

La joven dio un brinco de espanto. Luego, llevándose la mano al pecho, se volvió hacia su primo.

—Llegas tarde —le reprendió—. Y me has dado un susto de muerte.

El Gallina, sin pedir permiso y haciendo gala de muy malos modales, se sentó en el banco apartándose los faldones del abrigo verde.

—Estaba jugando al *whist* en el club y tenía una buena racha —se quejó irritado—. Iba ganando cuando me han dado tu mensaje. ¿Qué esperabas, que dejara las cartas así sin más? —preguntó haciendo una mueca—. No, no me contestes. Conociéndote, ya sé la respuesta.

Nicola no se sintió herida. Nada de lo que el Gallina le dijera podía hacerle daño. Lo cierto es que le ofendía mucho más su persona que su actitud con ella. Aunque el abrigo verde salvia podría haber sido pasable en cualquier otro individuo, Harold había decidido conjuntarlo con un chaleco de cuadros escoceses (¡cuadros escoceses!) y unos pantalones rojos (¡rojos!). Ni siquiera en Navidad hubiese aprobado Nicola aquel atuendo. Se preguntó, no por primera vez, si tal vez el Gallina no sería daltónico.

—¿Te importaría decirme qué es eso tan importante para sacarme de mi club y encontrarnos con tanto secreto? —quiso saber su primo—. Y además en este sitio tan espantoso y tan apartado.

—Sí. Quiero decir no. No me importa decírtelo. Vaya, que...

—¿Una limosnita, señor?

El Gallina alzó la vista y, como le había pasado a Nicola, se sobresaltó al ver a la mendiga. Sólo que, a diferencia de Nicola, no se llevó la mano al bolsillo, sino que dijo:

—¡Por Dios, mujer! ¿Cómo se le ocurre manosearme de esa manera? ¡Fuera de aquí, si no quiere que llame a la policía para que la detengan por vagancia!

La anciana se marchó presurosa, mascullando entre dientes. Nicola pensó, no por primera vez, cuánto despreciaba a su primo Harold. Y luego, con cierto sentimiento de culpa, recordando que su propio prometido había reaccionado de manera muy similar ante una mendiga mucho menos repulsiva, se recordó lo irritante que era que constantemente se acercara gente pidiendo compartir el dinero que uno con tanto trabajo había ganado.

—¿Cómo se llama el hombre que quería comprar la abadía? —preguntó sin más dilación, en un esfuerzo por poner rápido fin a la entrevista.

Harold se la quedó mirando como si estuviera tan loca como la pobre criatura a la que acababa de echar con cajas destempladas.

—¡Pero bueno! ¿Me has traído hasta aquí para preguntarme eso?

—Pues sí. ¿Quién era?

—Edward no sé qué. Ah, sí, Pease. Edward Pease. —La mirada del Gallina se posó en la pareja del otro banco—. ¡Cielo santo! —exclamó—. ¡Pero qué está pasando aquí!

—No hagas caso. —A Nicola le había dado un brinco el corazón al oír sus palabras y ahora era como si una mano invisible se lo estuviera apretando dentro del pecho. Edward Pease. Edward Pease era el hombre que había hecho una oferta para comprar su casa. Edward Pease, que parecía querer construir una línea férrea entre Killingworth y Stockton. Lo único que se interponía en su camino, al parecer, era la abadía de Beckwell y la negativa de Nicola de vender los terrenos.

—¿A qué viene tanto interés en Pease de pronto? —quiso saber Harold. Sus ojillos porcinos se iluminaron—. ¿Es que has cambiado de opinión? ¿Es eso? ¿Quieres que mi padre se ponga en contacto con el señor Pease para proceder a la venta? Porque no tienes más que decirlo, Nicola, y lo hará encantado. Mi padre no te guarda rencor por haberme tratado de manera tan fea. Aunque eso se debe en parte a mí ya que, por supuesto, me privé de contarle todos los detalles de tu vergonzoso comportamiento.

Nicola, que todavía notaba en la manga el mapa de lord Farelly, no dijo nada. De manera que era cierto. Era en lo único que podía pensar. Todo lo que Nathaniel había dicho era cierto. Harold, ahora que caía en la cuenta, había expresado el mismo parecer: que un individuo como el vizconde de Farnsworth jamás podría amar a una joven como Nicola. Y por lo visto tenían razón. Era evidente que el dios se iba a casar con ella sólo por orden de su padre, amigo de Edward Pease, para ayudarle a entrar en posesión de la abadía.

Pero no. No podía ser. Nicola recordó todos los buenos momentos que había compartido con lord Sebastian. No, no era posible. No todo podía haber sido fingido. Nicola tenía que gustarle al dios un poco. Ni siquiera los padres más dominantes podían obligar a su hijo a declararse a una joven que no le gustaba. Sebastian tenía que quererla un poco. ¡Por fuerza! Todo eso de la abadía de Beckwell y Edward Pease... Bueno, seguro que sólo era una coincidencia. Sin duda no era otra cosa.

Casi sin saber lo que estaba haciendo, se levantó y, sin decir una palabra más, comenzó a alejarse. Suponía que volvería a casa de los Bartholomew, pero no lo pensó conscientemente hasta que el Gallina la alcanzó y la agarró de la muñeca.

—Nicola, ¿qué haces? Pero ¿qué te pasa? Me haces venir corriendo para preguntarme el nombre de un estúpido individuo, ¿y ahora te marchas? ¿Me dejas aquí así, sin más?

—Lo siento, Harold —contestó Nicola aturdida—. Es... es que no... no me encuentro muy bien. Creo... creo que es mejor que vuelva a casa.

El Gallina parecía debatirse entre la indignación y la preocupación. Todavía estaba enfadado por lo que consideraba muy mal trato por parte de Nicola hacia él, pero tenía que admitir que ahora que su rostro había perdido todo el color, Nicola no parecía la joven peleona de siempre.

—Nicola, déjame por lo menos llevarte a casa.

A Nicola no le atraía nada la idea, puesto que conociendo al Gallina lo más probable era que se invitara él solo a cenar, pero puesto que era cierto que no se encontraba nada bien, permitió que la subiera a su carruaje y la acompañara a casa de los Bartholomew..., donde descubrió consternada que lady Farelly y su hija ya habían llegado. Las dos parecieron muy sorprendidas al comprobar que Nicola, que estaba en la cama con migraña la última vez que la habían visto, se había aventurado a salir, y nada menos que con el Gallina, a quien jamás había ocultado que detestaba.

Nicola, más enferma que nunca después de su espantoso y perturbador descubrimiento, tuvo el ánimo suficiente para inventar una mentira descomunal que explicara su extraño comportamiento. Les contó a las damas de la casa que, una vez recuperada de su dolor de cabeza, había recordado que tenía un asunto de vital importancia que discutir con su primo, y que él había tenido la amabilidad de acceder a reunirse con ella en el parque..., donde su migraña había vuelto con creces.

Ambas damas parecieron considerar bastante creíble esta enorme mentira. Apremiaron a Nicola para que volviera a la cama, cosa que ella hizo de mil amores dejando al Gallina al cuidado de las señoras Farelly. Las cosas se habían complicado demasiado y muy deprisa para ella, y era cierto que se sentía enferma. Madame Vieuxvincent, con todas sus cuidadosas enseñanzas, jamás había dado indicaciones de cómo deberían comportarse sus pupilas en una situación como aquélla.

Una vez a salvo en su habitación, Nicola permitió que Martine la cubriera de mimos y atenciones hasta que, una vez segura de que su ama estaba cómoda, la doncella se retiró a su propia habitación después de amonestarla para que esta vez se quedara en la cama.

Nicola accedió de mil amores. Se quedó tumbada casi una hora bajo las mantas, mirando sin ver el vaporoso dosel sobre su cabeza. No podía ser verdad; eso era lo único que atinaba a pensar. No podía ser verdad. El dios tenía que amarla. ¡Tenía que amarla!

Pero ¿y si no la quería? ¿Y si Nathaniel estaba en lo cierto? Y Eleanor... ¿Qué había dicho Eleanor? Le había preguntado cómo era el vizconde como persona.

Nicola tenía que admitir que, dada esta nueva y perturbadora información, no podía contestar con honestidad. O más bien sí: el vizconde era una persona que no dudaría en dar un bastonazo a una huérfana en la cabeza... o en robarle su única herencia.

No. No se lo podía creer. No podía creer aquello de lord Sebastian. ¡No podía creer aquello del dios!

De lo único que estaba segura era de que no podía casarse con un hombre que no la quisiera. No, ni siquiera con el dios. Sabía que algunas jovencitas hubieran seguido adelante con la boda, incluso sospechando lo que Nicola comenzaba a sospechar. Algunas jóvenes eran capaces de convencerse de que podrían conseguir que su marido las amara.

Pero ¿qué clase de matrimonio era ése? No era lo que tuvieron Romeo y Julieta, ni Tristán e Isolda, ni Lochinvar y su amada Elena. Ginebra había estado muy segura del amor, tanto de Arturo como de Lancelot. Y aunque a Nicola nunca le había caído bien Ginebra, que parecía un poco irresponsable, al menos se identificaba con ella mucho más que con la doncella Elaine de Astolat, que había muerto por el amor no correspondido que sentía por Lancelot.

Ahora, de súbito, Nicola tenía mucho más en común con aquella pobre criatura que con la reina de Camelot.

Era ridículo. Era impensable. Así que ése era el resultado de ser una hoja al viento, llevada de un lado a otro por la vida... Pues bien, Nicola no pensaba permitirlo. Ella no era la doncella de Astolat, dispuesta a morir mansamente por un rechazo. Y tampoco era una irresponsable reina Ginebra. Nicola era, decidió, mucho más parecida a Juana de Arco, que por desdicha no había vivido lo suficiente para tener un romance..., por lo menos que pasara a la historia.

Pero había luchado en una guerra. Que era, precisamente, lo que aquello era, pensó Nicola. La guerra.

De manera que una hora después de que su doncella la metiera en la cama, Nicola apartó las mantas y se levantó dispuesta a prepararse para la batalla.

Vestirse ella sola no fue tarea fácil, pero no se atrevía a llamar a Martine porque sabía que no haría más que reprenderla por haberse levantado. De todas formas se las arregló para abrocharse todas las ballenas y los ganchos y ponerse las horquillas ella sola, y cuando examinó el resultado en el espejo, lo encontró adecuado aunque no especialmente elegante.

Luego abrió la puerta de la habitación, salió al pasillo y comenzó a bajar las escaleras.

Lo encontró, como ya sabía, en la mesa de billar de la biblioteca. Él alzó la vista.

—Ah, está aquí. Mamá me ha dicho que se encontraba usted algo indispuesta. ¿Está mejor? ¿Irá con nosotros a la ópera esta noche? Espero que sí. Ya sabe lo aburrida que me resulta. La necesito para que me despierte si me quedo dormido en los fragmentos más pesados.

Nicola no contestó. Se quedó allí de pie, con las manos

en los costados (aunque se imaginaba sosteniendo una lanza y un escudo).

—Lord Sebastian, necesito saber una cosa. ¿Usted me ama?

El dios, que estaba inclinado sobre la mesa de billar para realizar un tiro difícil, la miró bajo sus largas y doradas pestañas.

—¿Cómo? —preguntó en un tono divertido a la vez que incrédulo.

—Es una pregunta muy sencilla. ¿Me ama?

El dios se enderezó y se puso a aplicar tiza a la punta del taco de billar, sin apartar ni un momento la mirada de Nicola.

—Me voy a casar con usted, ¿no es así? —preguntó, alzando perceptiblemente las comisuras de la boca.

—Eso no es una respuesta.

La sonrisa desapareció. El dios dejó la tiza.

—¿A qué viene todo esto? ¿Qué pasa? ¿Son los nervios de antes de la boda? No me diga que está pensando en echarse atrás, Nicola. Porque me haría quedar como un idiota delante de mis amigos.

—Le he hecho una pregunta muy sencilla —insistió Nicola muy seria—. Y todavía no me ha contestado. ¿Me ama usted, lord Sebastian, o no?

—Pues claro que la amo —replicó el dios herido—. Aunque debo decir que en otras ocasiones la he encontrado más atractiva. ¿Qué pasa, por Dios?

—¿Por qué?

—Porque suele ser una persona alegre y ahora parece algo indispuesta.

—No. —Nicola miró al techo como pidiendo fuerzas—. Digo que por qué me ama.

—¿Que por qué...? —El dios se echó a reír. Nicola no estaba muy segura, pero lord Sebastian parecía un poco incómodo—. ¿Por qué ama un hombre a una dama?

—No lo sé —contestó Nicola—. Y tampoco me importa mucho. Yo le pregunto por qué me ama usted a mí.

—Nicola —dijo lord Sebastian, dejando por fin el taco de billar—. ¿Se encuentra bien? Parece un poco...

—¿Qué es lo que ama en mí, milord? —insistió Nicola sin ceder ni un instante.

El dios, ahora muy incómodo, se pasó una mano por el tupido pelo rubio y la miró con curiosidad a los últimos rayos del sol poniente que entraban en la sala por la vidriera que tenía a la espalda. La luz, filtrada por los cristales de colores, teñía la alfombra de varios tonos. Nicola no pudo evitar darse cuenta de que el dominante era el rojo sangre.

—Bueno, supongo que la amo porque, normalmente, cuando no se comporta como se está comportando ahora, es... Bueno, es usted una joven muy alegre.

—Soy alegre —repitió Nicola—. O sea, que me ama porque soy alegre.

—Pues sí —repuso el dios, que parecía un poco más entusiasmado con el tema ahora que había dicho la primera frase—. Se ríe mucho. Quiero decir, casi todos los días.

—Porque soy muy alegre.

—Exacto. Y no le da miedo probar cosas nuevas. Como la *Voladora*, por ejemplo. No muchas damas se hubiesen montado en ese cacharro, pero usted no se lo pensó dos veces. Eso me gustó. —Lord Sebastian le dirigió una sonrisa encantadora. La misma sonrisa que, el día anterior, le habría estremecido el corazón.

Pero en ese momento Nicola apenas se inmutó.

—Me ama y quiere casarse conmigo y vivir conmigo

para siempre hasta que la muerte nos separe porque soy alegre y no me dio miedo montar en una locomotora.

El dios consideró esta declaración con cierta seriedad. Luego, al cabo de un momento de reflexión, se aventuró a añadir:

—¿Y porque es usted muy guapa? —Como si contestara a una pregunta en un concurso y no estuviera muy seguro de que la respuesta fuera la correcta.

Nicola, sin embargo, no hizo caso, puesto que aquello no era digno de atención.

—Creo que le sorprendería saber que yo considero el amor algo sagrado que trasciende toda definición, capaz de despertar en la naturaleza humana tanto lo mejor como lo peor de sí misma. Históricamente, los hombres han realizado grandes hazañas y han arriesgado su vida en nombre del amor. También han cometido crímenes inenarrables por esa misma razón. Dudo mucho, lord Sebastian, dado lo que acabo de oír, de que lo que usted siente encaje en esa definición.

El dios abrió de par en par su boca perfecta. Parecía perplejo, como si uno de los criados de su madre, en lugar de ponerle delante un plato de sopa, le hubiera dejado en la mesa una serpiente sibilante.

—¿Estaría dispuesto a morir por mí, milord? —preguntó Nicola—. ¿Arriesgaría su vida por la mía? No, me parece a mí que no. Los hombres no suelen sacrificarse por mujeres a las que encuentran «alegres». Cuando yo ame, será para siempre. Y advertirá que digo «cuando ame», puesto que ahora ya no creo que lo que sentía por usted fuera amor... No amor auténtico, amor eterno, como el que una mujer siente por un hombre, como por ejemplo el que sentía Desdémona por Otelo, o Cleopatra por Marco Antonio.

Y mi amor no se deberá al aspecto de la otra persona, ni dependerá de si me hace reír o no, sino que existirá porque compartimos una misma visión de la vida y sus caprichos, un lazo único e indefinible entre nosotros. Cuando nos separemos, aunque sea un instante, nuestros espíritus gritarán atormentados hasta que volvamos a reunirnos. Y yo moriría gustosa mil muertes para evitar que él sufriera siquiera una.

»Eso es el amor —concluyó Nicola—. Y por desdicha no es lo que usted y yo compartimos, lord Sebastian. Por lo tanto, lamento decirle que no me resulta posible casarme con usted. Estoy segura de que lo comprenderá.

Y con estas palabras, Nicola dio media vuelta y salió apresuradamente de la sala, sin detenerse cuando lord Sebastian gritó a sus espaldas:

—¡Nicola! ¡Nicola! ¡Espere!

Pero ella siguió andando. No se detuvo siquiera cuando lady Farelly, que se acercaba en ese momento por el pasillo, exclamo:

—¡Señorita Sparks! Pero ¿qué hace fuera de la cama?

No, Nicola no se detuvo, ni siquiera al llegar a la puerta principal. Para horror del mayordomo ella misma la abrió y salió de la casa. No se detuvo hasta haber recorrido todo el camino hasta casa de Eleanor, a varias calles de distancia. Una vez allí llamó al timbre.

Le abrió una doncella con una cofia blanca, que parecía muy sorprendida de recibir visita a una hora tan poco convencional, mucho más tarde de la hora del té pero sin que hubiera llegado el momento de la cena. Nicola preguntó si lady Sheridan estaba en casa, a lo que la doncella repuso que iría a ver.

Pero por fortuna lady Sheridan se encontraba allí cerca

y al oír la voz de Nicola acudió a la puerta, apartó a la doncella y mirando con enorme sorpresa a la mejor amiga de su hija exclamó:

—¡Nicola! Pero ¿qué haces aquí sola, y a estas horas? ¿Has venido en carruaje? No habrás hecho todo el camino andando sin escolta. ¿Estás bien, querida? ¿Ha pasado algo?

A lo cual Nicola respondió echándole los brazos al cuello y estallando en sollozos.

segunda parte

once

No había nada en el mundo (al menos en el mundo de 1810) tan demoledor para la reputación de una mujer como un matrimonio fallido. Lo único que se acercaba remotamente a tan devastador desastre, en términos de vergüenza y degradación, era una ruptura de compromiso. Madame Vieuxvincent había advertido a sus pupilas acerca del asunto con vehemencia. Tenían que pensárselo muy, muy bien antes de romper un compromiso, puesto que tal cosa podía acarrear no sólo la humillación pública, sino incluso una demanda ante los tribunales. Algunos amantes despechados eran capaces de denunciar a la parte contraria por el incumplimiento de una promesa.

Pero ahora Nicola no podía evitar pensar que madame debería haberlas instruido no tanto acerca de los peligros de romper un compromiso, como de los de aceptar un noviazgo de manera imprudente.

Porque si se hubiera detenido a pensar, siquiera un instante, en lo que podía ser en realidad el matrimonio con el dios, hubiese podido evitar de raíz la situación en la que se encontraba. Pero en el infantil estado de aturdimiento en que la había sumido la proposición de lord Sebastian, Nicola había sido incapaz de pensar en otra cosa que no fuera el armiño que llevaría cuando se convirtiera en vizcondesa y en lo agradable que sería tocar por fin las pestañas del vizconde, puesto que en su condición de esposa tendría todo el derecho.

Jamás se había detenido a pensar qué poco tenían en común. Jamás se había preguntado de qué hablarían en la mesa a la hora de la comida. Lo cierto es que el dios raramente decía una palabra en la mesa, excepto para pedir la mantequilla o para contar alguna historia (que además a Nicola solía parecerle tremendamente aburrida) acerca de algún caballo sobre el que había o no había apostado. Desde luego que en esas ocasiones el dios era de lo más agradable a la vista. Pero su conversación dejaba bastante que desear. Ni siquiera se podía confiar en que estuviera al corriente de algún asunto de actualidad, puesto que rara vez abría un periódico y cuando lo hacía sólo era para mirar las páginas deportivas. Estaba claro que jamás había leído ni una sola novela, y mucho menos una colección de poemas.

Nicola no alcanzaba a explicarse por qué no había pensado en todo aquello antes de aceptar su propuesta de matrimonio. Lo único que sabía es que al fin y al cabo le era completamente imposible casarse con el vizconde.

De manera que había ido a buscar refugio en el lugar más seguro que se le había ocurrido: los brazos de lady Sheridan, que siempre había sido muy amable con ella y de la que no tenía la más mínima intención de separarse. De hecho, cuando Eleanor y su madre la hubieron calmado y consolado lo bastante para enterarse de todo lo sucedido, Nicola envió con un lacayo una nota a Martine para que hiciera de inmediato el equipaje y se reuniera con ella en casa de los Sheridan.

A continuación, con ayuda de lady Sheridan, envió una nota de disculpa a lady Farelly, dándole las gracias por su hospitalidad pero explicando que el matrimonio entre ella y el vizconde era de todo punto imposible. Acompañaba la nota con el anillo que le había dado lord Sebastian. De esta forma terminó definitivamente el compromiso entre Nicola y el dios.

O por lo menos eso esperaba ella. Hubiese sido muy molesto que lord Sebastian decidiera oponerse a ella en aquel asunto. Nicola no creía que llegara a llevarla ante los tribunales (al fin y al cabo ella no tenía apenas rentas y la prensa no miraría desde luego con buenos ojos a un hombre que acusara a una pobre huérfana sin dinero, incluso si ese hombre era hijo de un barón).

A pesar de todo Nicola esperaba alguna represalia, y le llegó a la mañana siguiente cuando todavía estaba en la cama después de pasarse gran parte de la noche en vela, con los ojos llorosos y un tremendo dolor de cabeza (era evidente que desde el cielo la estaban castigando por haber mentido el día anterior diciendo que tenía migraña).

Fue Eleanor la que le llevó la mala noticia... Eleanor que, en su papel de leal amiga, estaba absolutamente de acuerdo con Nicola en la ruptura de su compromiso. A los ojos de Eleanor, un hombre cuyas únicas palabras de amor a su prometida eran para decirle que la encontraba muy alegre no era un hombre en absoluto. Ella, igual que Nicola, estaba amargamente decepcionada con el dios.

Y lo estuvo mucho más al día siguiente, cuando, tal como Eleanor se apresuró a advertir a Nicola, lord Sebastian acudió a la casa exigiendo hablar a su antigua prometida e insistiendo en que nadie iba a impedir que la viera, aunque de hecho Nathaniel y dos lacayos se lo estaban impidiendo en ese momento bloqueándole el acceso a las escaleras que llevaban a la habitación de invitados donde se alojaba Nicola.

—Parece muy enfadado —le contó Eleanor a su amiga—. Fuera de sí, más bien. Me atrevería a decir que ni siquiera se ha planchado el pañuelo esta mañana.

—Supongo que estará frenético porque su padre habrá amenazado con desheredarle —contestó Nicola con amargura, sin alzar la cabeza de la almohada.

—¿Y por qué iba a desheredarle su padre? —quiso saber Eleanor.

Pero Nicola no podía explicárselo. No podía contarle lo del señor Pease y los planes de la compañía Stockton and Darlington de hacer pasar su línea férrea justo por el centro de la abadía de Beckwell. El hecho de que el vizconde hubiera intentado casarse con ella sin amarla en absoluto ya era bastante malo. Pero si la gente se enteraba de la razón por la que se le había declarado (porque Nicola estaba segura de que Nathaniel tenía razón, y que lord Farelly estaba de alguna manera involucrado en un plan urdido por el señor Pease para hacerse con el hogar de Nicola), sería tan humillante que no podría soportarlo.

Además, ahora todo había terminado. Nicola estaba segura. De manera que, ¿por qué sacar a colación el asunto?

—No lo sé —contestó pues, mordiéndose el labio—. Supongo que lo he dicho sin pensar.

—Ah. De todas formas, Nicola, no sé si deberías verle —dijo Eleanor preocupada—. No creo que haya comprendido bien que todo ha terminado entre vosotros.

—Le he devuelto el anillo. ¿Qué otra explicación necesita?

Pero, por lo visto, por muy obvio que fuera el gesto de

devolverle el anillo de compromiso, no fue suficiente para convencer a lord Sebastian de que todo había terminado y más que terminado entre ellos. A medida que iban pasando los días y Nicola comenzaba a recuperarse poco a poco de la humillación sufrida a manos del vizconde, él no cejaba en su empeño por hablar con ella y acudía a la casa por lo menos tres veces al día, a pesar de que en cada una de estas ocasiones tenía que marcharse sin haber visto a Nicola. Como si no fuera suficiente con plantarse en la sala de los Sheridan, enviaba también una incesante sucesión de ramos de rosas, como esperando que Nicola se sintiera abrumada por el aroma de tantas flores y cambiara de opinión.

—Al final tendrás que verlo —le advirtió Eleanor el primer día que Nicola se sintió lo bastante recuperada para bajar a comer con el resto de la familia en lugar de quedarse a solas en su habitación—. Vaya, no te puedes esconder de él el resto de la temporada. Es inevitable que acabéis coincidiendo en Almack's.

—Ya lo sé —contestó Nicola.

Martine, que no veía cuál era el inconveniente en casarse sin amor y que estaba bastante decepcionada por el hecho de que su ama no fuese a ser vizcondesa después de todo, peinaba los rizos negros de Nicola con especial saña, haciéndola gritar a intervalos regulares:

—¡Ay! ¡Ten cuidado, Martine!

—Por lo menos deberías bajar para decirle que no has cambiado de opinión —insistió Eleanor—. Así a lo mejor te deja en paz un poco. A menos, claro está, que no estés del todo segura y al verlo vuelva a inflamarse la pasión que sentías por él.

—Te aseguro, Eleanor... ¡Ay! ¡Martine! ¿De verdad tienes que ser tan brusca? Te aseguro que mi pasión por lord

Sebastian se ha apagado del todo. Es que no quiero verlo, ni a él ni a ninguno de los Bartholomew en una buena temporada. ¿Crees que hago mal?

—Yo diría que no —contestó Eleanor, siempre tan leal.

De manera que bajó para decirle al vizconde que Nicola seguía negándose a verlo.

Sin embargo, hubo una visita que Nicola no pudo rechazar. Se trataba de su tutor. Lord Renshaw.

—¡Oh, no! —exclamó Nicola al enterarse—. ¡El Gruñón no! Pero ¿qué querrá ahora?

A pesar de todo, Nicola estaba bastante segura de lo que su tutor había ido a buscar. De manera que cuando entró en el salón donde él la esperaba (con un pañuelo en la nariz porque todas las rosas que había en la sala, regalo del vizconde, le estaban haciendo estornudar), ella ya tenía preparada su defensa.

—No tenga miedo, milord —dijo nada más entrar—. Le pagaré hasta el último penique del dinero que me dejó para mi ajuar. De hecho, sólo he gastado una pequeña parte en unos lazos de seda para mis zapatos de boda. Puedo entregarle el resto de inmediato...

El Gruñón, con los ojos enrojecidos, entonó detrás de su pañuelo:

—Estúpida niña. Yo no he venido aquí para hablarte de ese dinero. He venido a preguntarte si no has perdido el juicio.

Nicola miró a su tutor con cierta sorpresa. Sabía que debía haber esperado un ataque de aquella índole, puesto que el Gruñón era un hombre en extremo anticuado y tradicional. A pesar de todo no había imaginado que, aparte del dinero que había gastado, a lord Renshaw le importara mucho su decisión de casarse con el vizconde.

—Siento muchísimo haberle decepcionado, milord —repuso Nicola algo ofendida—. Pero pensé que querría que me casara con un hombre que me amase. Y resulta que lord Sebastian no me ama.

—¡Amor! —exclamó el Gruñón, como si la palabra fuera un insulto—. Las jovencitas como tú no pensáis en otra cosa. Supongo que por eso te negaste a casarte con mi hijo, porque no creías que estuviera enamorado de ti. Ya veo que esto es el resultado de una educación. Es una idea ridícula, esa de educar a las mujeres. Os ponen delante a los poetas, ese tal Byron y Wordsworth y Walter Scott, y os llenan la cabeza de pájaros y tonterías sobre los caballeros y el amor. Pues bien, siento decepcionarte, Nicola, pero en la vida real no existen los caballeros andantes, ni los matrimonios por amor se dan con tanta frecuencia como en los libros ni mucho menos. En la vida real, Nicola, los hombres y las mujeres se casan porque es aconsejable..., y para ti habría sido de lo más aconsejable casarte con el vizconde de Farnsworth.

Nicola consiguió de alguna manera no perder los estribos y repuso con toda la suavidad de que fue capaz:

—Aconsejable tal vez, desde un punto de vista económico, milord, pero no en lo que respecta a mi corazón.

—¡Tu corazón! —El Gruñón se sonó la nariz con estrépito—. ¿Y tu barriga, jovencita? Porque me pregunto cómo piensas seguir comiendo si no haces más que rechazar a un pretendiente tras otro. Cien libras al año no dan para mucho, y no siempre podrás depender de los padres de tus compañeras para que te den cobijo y comida.

Nicola lo miró entrecerrando los ojos. Su tutor era desde luego una criatura odiosa. No sabía qué había hecho para merecer la carga de un pariente tan detestable.

—Siempre puedo volver a la abadía, ¿no es cierto, milord? —contestó, con mucha más dulzura de la que sentía—. Puesto que no llegué a venderla. ¿No le parece que al menos eso fue muy prudente por mi parte, dadas las circunstancias?

El Gruñón, que por fin había encontrado un rincón de la sala bastante alejado de las rosas para poder respirar sin estornudar, se quitó el pañuelo de la cara y la miró ceñudo.

—No, desde luego que no —dijo enfadado—. Podrías vivir muy cómodamente con doce mil libras. Todavía puedes. La oferta sigue en pie, ¿sabes? No tienes más que decir una palabra y...

Nicola notó que algo le burbujeaba por dentro. Y por una vez no era risa. No, era una rabia oscura y ardiente.

—¿Vender la abadía? —exclamó, alzando la voz peligrosamente tanto en tono como en volumen—. ¿Vender mi propia casa? ¡Ésa sí que es buena! Y supongo que no sabrá, claro está, por qué el señor Pease quiere comprar la abadía, ¿verdad?

El Gruñón pareció algo sorprendido. Ya sabía, por descontado, que su pupila tenía bastante temperamento (de hecho, una vez le gritó hecha una furia cuando él sugirió que a la larga resultaría más barato matar a su viejo caballo que seguir alimentándolo con el puré de avena que su edad y su enfermedad requerían), pero hacía mucho tiempo que no la veía tan enfadada.

—Desde luego que no lo sé —contestó—. Y pienso que no es asunto tuyo lo que ese hombre quiera hacer con un terreno por el que ha pagado un buen precio...

—¡Hacer pasar un tren! —gritó Nicola. Sí, lo gritó, mandando al infierno todas las advertencias de madame Vieuxvincent en contra de que una dama alzara la voz en la casa o en ninguna otra parte—. Eso es lo que quiere hacer el señor Pease con la abadía de Beckwell. ¡Hacer pasar un tren por en medio del terreno!

Lord Renshaw parecía desconcertado. Se la quedó mirando sin decir nada, con el pañuelo medio olvidado en la mano.

—¿Cómo cree que se sentirán los granjeros? —preguntó Nicola, a un volumen de decibelios que habría conmocionado a madame—. ¿Cómo se sentirán cuando vean pasar atronando por sus pastos grandes cargas de carbón? ¡Seguro que las ovejas estarán encantadas!

El Gruñón, ahora que parte de su perplejidad comenzaba a evaporarse, miró a Nicola con recelo.

—Vamos, vamos —dijo, en un tono que pretendía ser tranquilizador pero que, gracias a las rosas, tuvo más bien el efecto contrario, siendo como era flemoso y empalagoso—. Vamos, querida. No sé dónde habrás oído ese terrible rumor, pero te aseguro que se trata de un error...

—No es un error —bramó Nicola—. Es absolutamente cierto. —Todavía llevaba encima el mapa. De hecho, rara vez se desprendía de él. Acostumbraba a sacarlo a menudo, cada vez que sentía que su decisión de no casarse con lord Sebastian necesitaba un refuerzo. Porque no era fácil renunciar a un dios..., ni siquiera a un dios que la había tratado de manera tan lamentable.

Pensó ahora en enseñárselo a lord Renshaw. Pero sabía que aquello sólo llevaría a una serie de preguntas desagradables sobre cómo lo había obtenido. Una cosa era romper la regla de madame acerca de los gritos y otra muy distinta ser acusada de fisgona y de ladrona. Y Nicola no estaba de humor para que su tutor la reprendiera por haber robado.

—Yo le aseguro que lo que le digo es cierto —insistió,

sin sacarse el mapa de la manga donde tan bien lo llevaba guardado desde que lo encontrara—. Ahora entenderá por qué no venderé nunca, ¿no es así, milord? Porque mientras a mí me quede aliento, Beckwell seguirá en pie.

Creyó por un momento que lord Renshaw lo entendería, que lo horrorizaría tanto como ella la idea de que tendieran unas vías de metal a través de los fértiles pastos que rodeaban su hogar. Que él tampoco podría soportar la idea de que una locomotora (una máquina mucho, mucho más grande que la *Voladora*) pasara armando un ruido ensordecedor por lo que antes fuera la sala de desayuno de la abadía de Beckwell, con sus ventanas emplomadas con cristales en forma de diamante, sus gruesas vigas de roble y su suelo de piedra. Que él sentiría el mismo espanto que ella al pensar que el denso humo negro que flotaba sobre la mina de Killingworth nublaría el cielo azul bajo el que se alzaba el hogar de su niñez, el lugar más hermoso del mundo entero en su opinión. Que él también comprendería la responsabilidad moral que tenía ella de proteger a toda costa aquello que le había sido legado.

Pero lord Renshaw se llevó de nuevo el pañuelo a la nariz y se sonó con violencia.

—Eres la jovencita más terca que he tenido la desdicha de conocer, Nicola Sparks —declaró a través del pañuelo de lino, ya no tan blanco—. Estoy convencido de que tu absurdo apego por ese ruinoso montón de estiércol al que tú llamas hogar acabará siendo tu perdición. Pero si prefieres arruinar tu vida, es por supuesto decisión tuya. —Antes de que Nicola, todavía estupefacta por el calificativo de «ruinoso montón de estiércol», pudiera replicar, el Gruñón añadió—: Francamente, Nicola, yo me lavo las manos. Para ser huérfana siempre has sido una terrible mimada. Y lamento ver que tanta educación y tanta academia cara en la que has malgastado el dinero de tu padre no te haya mejorado en lo más mínimo.

Mientras Nicola se lo quedaba mirando todavía boquiabierta (madame se habría horrorizado: una boca abierta era una abominación ante el Señor), lord Renshaw se sonó con un último y violento resoplido y añadió:

—No me imagino en qué estaría pensando el idiota de tu padre al dejarte la propiedad a ti y no a mí.

Aquello fue demasiado. Nicola no iba a permitir que nadie, nadie, insultara a su padre sin recibir su merecido.

—¿Quiere saber lo que estaba pensando? —gritó echando chispas por los ojos—. ¡Estaba pensando que más le valía no confiar aquello que más amaba en el mundo a un hombre sin sentimientos que carece de la más mínima fibra moral!

Pero lord Renshaw, en lugar de mostrarse herido por la rápida réplica, se limitó a mirar al techo y a tocarse el sombrero.

—Quiero que sepas, niña ignorante —añadió no sólo con la voz espesa por las flemas, sino además cargada de veneno—, que a partir de ahora eres la única responsable de lo que te ocurra.

Y con estas palabras el Gruñón salió de la sala.

En ese momento las rodillas le fallaron, y Nicola cayó entre las docenas de rosas que lord Sebastian le había enviado.

doce

—¿Nicky?

Nicola, acurrucada en un diván del salón delantero de los Sheridan, alzó la vista sobresaltada.

—No te preocupes, que soy yo —dijo Nathaniel, sentándose junto a ella—. He oído los gritos. ¿Estás bien?

Nicola asintió con la cabeza porque no confiaba en su propia voz. Intentaba recobrar la compostura después de la turbulenta conversación que acababa de mantener con su tutor, pero temía no estarlo logrando del todo. Las lágrimas se le agolpaban en los ojos y le cosquilleaba un poco la nariz. Era sorprendente que todavía le quedaran lágrimas, después de lo que había llorado y llorado por haber perdido a lord Sebastian. Pero al parecer las lágrimas, a diferencia del dinero y la paciencia de su tutor, no se agotaban nunca.

Sin embargo, no le atraía mucho la idea de llorar delante de Nathaniel Sheridan. ¿Por qué no podía adoptar en todo momento, tal como madame tanto aconsejaba, un aire de frío desdén cuando estaba cerca de aquel joven? Con otros se le daba de maravilla. ¿Por qué no con Nathaniel?

Intentó enjugarse con discreción los ojos con el encaje de una manga, esperando que Nathaniel no advirtiera que los tenía húmedos. Pero por lo visto no fue lo bastante discreta, puesto que al cabo de un instante un pañuelo blanco y limpio colgaba ante su rostro.

—Toma —ofreció Nathaniel cuando ella le miró—. Está limpio.

Nicola no esperaba menos. Nathaniel, a pesar de su amor por las matemáticas y la ciencia, no era uno de esos académicos desaliñados, sino que siempre tenía un aspecto aseado y agradable. Era una de las cosas que más irritaban a Nicola: que Nathaniel estuviera siempre tan presentable, incluso guapo, a pesar de su irritante personalidad. Era demasiado difícil odiarle o incluso, como había hecho con tantos otros hombres de su vida, encontrarle un apodo adecuado. El apodo de Profesor no le pegaba mucho, y Calculín tampoco. Seguía pensando en él tercamente como Nathaniel.

—Gracias —dijo, insegura. Intentó borrar con el pañuelo los daños que hubiera podido sufrir su rostro, aunque no pudo evitar preguntarse por qué demonios estaba Nathaniel tan amable con ella. No era nada propio de él.

Entonces se acordó de que últimamente había tenido varios detalles amables. En primer lugar la había salvado de tener que bailar el Sir Roger con el Gallina, y en segundo lugar la había advertido contra Edward Pease (de todas formas, ¿cómo había llegado él a enterarse?). Y además, desde que se había refugiado en casa de los Sheridan, aunque lo había visto muy poco puesto que se pasaba casi todo el día en la cama, Nathaniel le había estado prestando pequeños servicios, como mantener a lord Sebastian alejado de las partes de la casa en las que ella podía aventurarse. Sí, Nathaniel estaba siendo tan considerado con ella como si Nicola fuera, como Eleanor y ella tantas veces habían dicho en broma, su hermana de verdad. Era una sensación curiosamente consoladora.

Y Nicola necesitaba un poco de consuelo en aquellos momentos.

—Supongo que lord Renshaw no está muy contento contigo precisamente —comentó Nathaniel, una vez que Nicola pareció lo suficientemente recuperada para mantener una conversación.

—No, no mucho —contestó ella, con una risa carente de toda alegría—. No sólo me niego a casarme con los hombres que elige para mí, sino que además tampoco tomo las decisiones adecuadas en los negocios. Dice que a partir de ahora me abandona a mi suerte.

—Pues no veo qué tiene eso de malo. A nadie le puede gustar que una persona como él meta las narices en sus asuntos. Y además, tampoco es que antes te prestara mucha atención, ¿no?

—No, gracias a Dios. Sólo espero que mantenga su palabra de no volver a molestarme. Con la suerte que he tenido últimamente, no me atrevo a creerlo.

—Yo no diría eso —repuso Nathaniel, mirando un jarrón de rosas amarillas que había en la mesa junto al sofá—. Yo creo que últimamente has tenido una suerte extraordinaria.

Esta vez Nicola se echó a reír con más sinceridad.

—¿Yo? —exclamó—. ¿Que he tenido buena suerte? Pero ¿estás loco? Me veo prometida a un espantoso individuo que al parecer sólo quiere casarse conmigo para que su padre pueda hacer pasar un tren a través de mi salón —(puesto que Nathaniel parecía conocer ya la verdad sobre el señor Pease, no tenía sentido intentar ocultársela)—. ¿Y dices que he tenido buena suerte?

Nathaniel sacó una de las rosas del jarrón, le partió el tallo limpiamente y la examinó.

—Yo diría que sí —contestó, sin apartar los ojos de la flor—. Al fin y al cabo, has averiguado la verdad a tiempo, ¿no?

—Gracias a ti. —Nicola no pudo evitar hablar con una cierta amargura.

Él alzó entonces la vista y sus ojos avellana le parecieron a Nicola mucho más brillantes de lo que ella recordaba.

—¿Crees que hubiese sido preferible averiguar después de casada que el tipo es un tramposo y un impostor? —preguntó Nathaniel alzando una ceja.

Ella se sonrojó, no sabía si por la pregunta o por su mirada penetrante.

—Bueno... —comenzó incómoda—. No, claro que no. Pero...

—Hubiese sido mejor que no intentara utilizarte —concluyó Nathaniel—. Sí, estoy de acuerdo. Pero debes admitir, Nicky, que cuentas con buenos amigos y gente que se preocupa por ti, y eso es tener una suerte loca.

Y con estas palabras le tendió la rosa.

Nicola, a quien Nathaniel Sheridan jamás había ofrecido una rosa (ni nada, en realidad, aparte de crueles burlas), tomó la flor con la mirada baja, porque no tenía ni idea de hacia dónde mirar. ¿Era aquél el mismo Nat que solía atarle las trenzas al respaldo de la silla sin que ella se diera cuenta? ¿El mismo Nat que siempre estaba corrigiendo su pronunciación francesa? ¿El mismo Nat que con tantas ganas se había reído al oírla declamar *Lochinvar* cuando ella no pretendía en absoluto que el texto resultara gracioso? Le parecía extrañísimo que aquel Nat y ese otro que le ofrecía pañuelos y rosas fueran la misma persona.

Si Nathaniel advirtió su desconcierto, no hizo ningún comentario.

—Bueno, supongo que tendrás roto el corazón —comentó.

Nicola, admirando la delicadeza de las hojas de venas tan finas y la textura sedosa de los pétalos dorados, contestó:

—Desde luego. ¿No te pasaría a ti lo mismo? Imagínate, considerar siquiera algo tan espantoso como tender vías de ferrocarril por aquellas preciosas praderas, por no mencionar que arruinarían también el huerto de Nana y mi pequeño vivero. Pero ¿a qué mente retorcida se le ocurriría una cosa tan horrible? Es evidente que el Gruñón nunca ha oído eso de que «la naturaleza jamás traicionó el corazón que la amaba».

Nathaniel dio un respingo.

—¿Wordsworth otra vez?

—La abadía de *Tintern* —explicó Nicola, ofendida.

—Supongo que es apropiado, dadas las circunstancias. Pero tengo que admitir que yo no estaba hablando del Gruñón, sino de Sebastian Bartholomew.

Nicola volvió a mirar la rosa.

—Ah.

¿Le había roto el corazón lord Sebastian?, se preguntó. No estaba muy segura. ¿Qué se sentía con el corazón roto? Desde luego muchos de sus sueños y esperanzas se habían hecho añicos. Pero en los últimos días había descubierto, a medida que se recuperaba del golpe recibido, que era completamente capaz de crear nuevos sueños y esperanzas. ¿Significaba aquello que su corazón había salido indemne a diferencia de su orgullo, que había recibido un golpe casi fatal? ¿O sólo quería decir que todavía no había llegado a asimilar la magnitud de lo sucedido?

—No lo sé —contestó por fin pensativa—. Supongo que no se me ha roto de forma irreparable. Los corazones son muy resistentes, y el mío no tiene por qué ser distinto de los demás. —Luego se acordó de la dama de Astolat, que había muerto porque se le había roto el corazón, y añadió—: Me parece que habrá que esperar para saberlo.

Disimulando una mirada fugaz al perfil de Nathaniel (él en ese momento miraba otro jarrón de rosas de una mesa cercana), Nicola lo vio asentir con la cabeza. Al hacer ese gesto le cayó sobre los ojos el mechón de pelo de siempre. El joven no hizo ademán de apartárselo. Probablemente estaba tan acostumbrado a tenerlo sobre la frente que ya apenas se daba cuenta, pensó Nicola.

Era curioso. Era muy curioso que jamás hubiera mirado a Nathaniel Sheridan (que jamás lo hubiera mirado de verdad, como estaba haciendo ahora) y que nunca se hubiera dado cuenta de que los rasgos y ángulos de su rostro eran tan finos y marcados como los de lord Sebastian. De hecho, Nathaniel era tan guapo como el joven al que Nicola antes calificaba de dios. ¿Le habría resultado Nathaniel más divino de no conocerlo desde hacía tanto tiempo? Si se hubiera encontrado con él en Almack's, en lugar de aquel día de la función hacía tantos años, cuando sus padres lo habían llevado a rastras a ver la actuación de su hermanita, ¿habría tenido Nicola otra opinión de él? ¿Le hubiese considerado un buen partido?

La sorprendente respuesta era que sí. Nathaniel Sheridan, por mucho que la criticara y se burlara de ella, era guapísimo, un joven elegante, con unos hombros tan impresionantes como los de lord Sebastian y unas piernas igual de largas. Y a pesar de que sus ojos no parecían un limpio cielo de verano, eran de un color vivo que a veces le recordaba el arroyo que corría por los terrenos de la abadía de Beckwell, un riachuelo que, sobre todo en otoño, era de un color verde moteado de sol muy parecido al de los ojos de Nathaniel Sheridan.

Aquellos ojos, mientras Nicola pensaba tantas cosas agradables sobre ellos, la miraron parpadeando, y la joven advirtió sonrojándose que Nathaniel se había dado cuenta de que tenía la vista clavada en él.

¡Cielo santo!, pensó algo alarmada, volviendo de inmediato la cara. Cuando sus miradas se cruzaron le pareció que algo había pasado entre ellos. No hubiese sabido decir qué era, pero le había provocado una fuerte timidez... y Nicola no era una joven tímida.

—¿Y tú cómo lo sabías? —preguntó, más que nada porque sentía auténtica curiosidad, pero también con la intención de proseguir la conversación, puesto que comenzaba a intuir que aquellas largas pausas eran muy peligrosas. Durante esas pausas podía una ponerse a pensar cosas muy perturbadoras.

—¿Cómo sabía qué? —dijo Nathaniel, con el tono más amable que jamás hubiera utilizado con ella.

—Lo del señor Pease y su relación con lord Farelly.

—Ah, eso —contestó Nathaniel algo más frío, como si hubiera pensado que Nicola se refería a otra cosa—. Ya. Pues el caso es que leí algo sobre la locomotora Blutcher en el periódico. Yo sabía que Killingworth estaba cerca de Beckwell y que pretendían conectar la mina con los pueblos más grandes de alrededor, así que... Bueno, se me ocurrió que la oferta para comprar la abadía había sido de lo más inesperada. No quisiera ofender, pero Northumberland no es precisamente un lugar al que la gente esté ansiosa por mudarse estos días, a no ser tal vez para buscar trabajo. Se me antojaba muy poco probable que quienquiera que hubiera hecho la oferta por la abadía la quisiera para trasladarse a vivir allí o para trabajar el campo. Y el artículo mencionaba que Pease había estado comprando muchas tierras en aquella zona. Fue una suposición por mi parte, pero bastante razonable.

—Siempre has tenido una mente ágil y deductiva —declaró Nicola, a su pesar con admiración—. Mi enhorabuena, señor Sheridan.

Para sorpresa de Nicola, Nathaniel se volvió hacia ella y le puso una mano sobre la que ella tenía en el regazo, con la que todavía sostenía la rosa que le había dado. Nicola, sobresaltada por aquel súbito contacto, le miró sin palabras, casi esperando que él le diera un pellizco de burla en los dedos e hiciera algún comentario frívolo.

Pero cuando Nathaniel habló no hubo ningún matiz frívolo en su voz y no le soltó la mano, ni mucho menos se la pellizcó.

—Espero que sepas, Nicky, que yo no quería tener razón —aseguró, con una seriedad que Nicola jamás le había oído—. Sobre Bartholomew, me refiero. Espero que sepas que hubiese dado cualquier cosa, cualquier cosa, por haber estado equivocado si con eso hubiera podido evitarte el más mínimo dolor.

Aquello era lo más caballeroso y lo más... Bueno, lo más amable que Nathaniel Sheridan le había dicho jamás. Nicola se quedó tan de piedra que sólo logró mirarle atónita. Nathaniel le sostuvo la mirada, con un sentimiento que Nicola no supo identificar. Desde luego era algo que jamás había visto antes en sus ojos. De nuevo pasó entre ellos aquella curiosa corriente (Nicola no podría haber descrito exactamente qué era ni aunque su vida hubiese dependido de ello), y de pronto su corazón, su pobre y herido corazón, se aceleró como las ruedas de la *Voladora* cuando sumergían el hierro al rojo vivo en los tanques de agua.

Sólo Dios sabe lo que hubiera sucedido de no haberse abierto de pronto la puerta del estudio en aquel mismo instante para dar paso a Eleanor, seguida del jocoso sir Hugh.

—¡Ah, aquí estás! —exclamó Eleanor al ver a Nicola en el sillón—. Vimos al Gruñón cuando se marchaba, pero a ti no te encontrábamos por ninguna parte. ¿Estás bien? No te habrá maltratado, ¿no?

—Pues un poco —contestó Nicola con una risa trémula. Estaba contentísima de que su amiga hubiera irrumpido en la sala en aquel preciso instante. No sólo Nathaniel había apartado la mano al ver entrar a su hermana, sino que también había apartado la vista, rompiendo aquel efecto casi hipnótico que su mirada parecía obrar sobre ella. Nicola tenía el mal presentimiento de que, si Eleanor no hubiera aparecido, ella hubiese perdido la cabeza por completo y hecho cualquier estupidez, como dejar que Nathaniel Sheridan la besara.

Lo cual, tenía que admitir, era una idea de lo más tentadora.

¡Y apenas hacía una semana que había roto su anterior compromiso! Menudo escándalo, estar pensando tan pronto en besar a otro. ¡Y al hermano de su anfitriona, nada menos! Como si no tuviera ya bastantes problemas.

Aunque de todas formas, Nicola pensaba que un beso de Nathaniel Sheridan sería muy diferente de un beso del dios. Porque los dioses eran una cosa que estaba muy bien, pero los simples mortales también tenían su encanto. Sobre todo los simples mortales que poseían unos labios tan preciosos y dignos de ser besados como los de Nathaniel Sheridan.

—Vaya. —Sir Hugh miraba todas las rosas que había en la sala—. Aquí empieza a haber un cierto ambiente de funeral, ¿no les parece?

Eleanor, horrorizada de que su prometido hubiera mencionado algo tan morboso delante de su amiga, que todavía estaba de duelo, le dio una patada en el tobillo. Sir Hugh, sin embargo, no captó la indirecta.

—¿Por qué me da una patada, Eleanor? Lo único que decía es que si yo fuera la señorita Sparks no me apetecería mucho pasar el rato en un salón que parece un mausoleo. ¿Qué tal si viene a dar una vuelta en mi carruaje, señorita Sparks? Sé que hace días que no sale de casa y creo que le vendría de maravilla un poco de aire fresco en el pelo y sol en las mejillas.

Nicola miró la rosa que tenía en el regazo. Hacía unas horas hubiese rechazado de plano la oferta, tan temerosa de encontrarse con lord Sebastian que ni siquiera se hubiera atrevido a pasear por el parque.

Ahora, sin embargo, tenía la curiosa sensación de que lord Sebastian (o su idea de lord Sebastian, que siempre le había resultado más sobrecogedora que el auténtico lord Sebastian) había perdido todo su poder sobre ella.

—Pues muchas gracias, sir Hugh —contestó con una sonrisa—. Me encantaría.

Luego, mirando un instante a Nathaniel, añadió:

—Es decir, si los Sheridan nos acompañan.

—Desde luego —se apresuró a decir Eleanor.

Pero la respuesta que Nicola aguardaba con emoción era la de Nathaniel.

—Será un placer —repuso él con una sonrisa. Y para Nicola fue tan agradable como el sol que les aguardaba en el exterior.

Y lo cierto es que aquello fue lo más curioso de todo.

trece

Era razonable que una joven que había sobrevivido a la ignominia de una ruptura de compromiso pasara el resto de la temporada social ocultándose, lejos de las lenguas críticas de las madres que la mirarían con muy malos ojos puesto que sus propias hijas todavía no habían recibido ninguna proposición, ni mucho menos habían tenido el privilegio de romper con nadie.

De hecho, casi hubiese sido preferible para la joven en cuestión esperar a la siguiente temporada para volver a realizar su entrada en la sociedad, con la esperanza de que para entonces su indiscreción pudiera haberse olvidado, o que al menos se considerase sólo un pecadillo de juventud.

Pero Nicola Sparks no era una jovencita cualquiera. Esto podía atribuirse al hecho de que jamás había conocido a su madre, y, por lo tanto, con excepción de la época pasada en la academia de madame Vieuxvincent, jamás había recibido instrucción sobre el apropiado curso de acción en un caso similar.

O tal vez algo innato le impedía acobardarse y ocultarse en el ostracismo social como tantas jovencitas antes que ella después de un escándalo.

Fuera como fuese el caso, el hecho era que Nicola pasó sólo una semana alejada del escrutinio público. Al miércoles siguiente volvió a Almack's, cuya anfitriona la recibió con frialdad no completamente carente de comprensión.

Porque no había que olvidar que Nicola era una huérfana que sólo contaba, a modo de guía paterna, con lord Renshaw. Y, por supuesto, cualquiera que conociera a lord Renshaw (y todo el mundo, muy a su pesar, conocía a lord Renshaw) no podía sentir sino lástima por su pupila. Aunque muchísimas personas sentían bastante más simpatía por el rico y guapo vizconde de Farnsworth que por la humilde señorita Sparks, nadie en particular despreciaba a Nicola por lo que había hecho, puesto que todos coincidían en que era muy joven y, hasta hacía muy poco tiempo, no había contado con demasiada supervisión adulta.

De manera que cuando llegó a Almack's, el miércoles siguiente a la ruptura de su compromiso, la actitud hacia Nicola no fue demasiado desagradable, pero sí que hubo mucha, muchísima curiosidad.

—Pero ¿por qué? —quiso saber Stella Ashton. Nicola apenas logró llegar al tocador de señoras antes de que la asediaran con preguntas sobre el asunto—. ¡Pero si el vizconde es el hombre más guapo que hay sobre la tierra!

—Yo desde luego no rechazaría al hombre más guapo de la tierra —declaró Sophia Dunleavy—. A menos que descubriera algo realmente espantoso sobre él, como que tuviera un pie deforme o una esposa todavía viva.

Stella Ashton (que, para alivio de Nicola, había seguido el consejo sobre el vestido amarillo y lo había teñido de un tono rosa que le sentaba mucho mejor) se quedó sin aliento.

—¡No me lo puedo creer! ¿Que está casado? ¿Lord Sebastian? ¿Y dónde tiene escondida a su esposa? ¡No me digas que en Escocia!

Nicola se vio obligada a calmar los temores de sus amigas explicando que lord Sebastian no tenía ningún pie deforme ni esposa secreta en Escocia, al menos que ella supiera. Les contó que había decidido sencillamente que era demasiado joven para casarse y, por lo tanto, había considerado mejor dejar libre al vizconde para alguna otra mujer que lo mereciera más que ella y estuviera más dispuesta a sentar la cabeza.

—Y yo creo que deberíais estar contentas —reprendió Nicola a sus antiguas compañeras—, puesto que ahora todas podéis intentarlo con él.

Hubo gratitud entre las jovencitas, lo cual era bueno. Lo que Nicola más temía era que alguna pudiera sospechar la auténtica razón de la ruptura, cosa que no sucedió. Ni una sola vez aquella velada escuchó la temida frase: «Sólo se iba a casar con ella por la propiedad que tiene en Northumberland.» Ni se mencionó tampoco el nombre de Edward Pease.

De manera que por lo menos en ese aspecto Nicola escapó en parte de la humillación que de otro modo hubiese tenido que soportar.

Pero no del todo.

Porque si la ruptura de un compromiso no iba a disuadir a Nicola de acudir a Almack's, mucho menos disuadiría a cualquiera de los Bartholomew, que habían mantenido un aire de absoluta y atónita inocencia en todo el asunto.

En el caso de Honoria, y probablemente en el de lady

Farelly, Nicola sospechaba que la inocencia no era fingida. Desde luego Honoria no podía haber estado al corriente de los malvados planes de su padre y su hermano para el hogar de su querida amiga de la infancia. Sólo sabía que, de súbito y sin explicaciones, Nicola había roto toda relación con la familia sin apenas despedirse.

De manera que esa tarde Honoria le hizo, tal vez merecidamente, un recibimiento gélido. A sus ojos, Nicola había herido gravemente a su pobre hermano, un crimen que no se le podía perdonar así sin más. Nicola no podía contarle la verdad porque en realidad, excepto por el mapa que había encontrado, no tenía pruebas de sus sospechas.

Y el mapa, además, había llegado a sus manos por medios no demasiado escrupulosos.

De manera que cuando Honoria optó por ignorarla en mitad de una cuadrilla, Nicola fingió no haberse dado cuenta, a pesar de que estaba segura de que todos los presentes en el salón lo habían advertido y, probablemente, incluso lo aprobaban. Casi se le llenaron los ojos de lágrimas por lo injusto de la situación, pero se las arregló para terminar el baile e incluso para hacer una reverencia a su pareja con su habitual gracia y aplomo.

Pero eso no quería decir que, por dentro, no le hirvieran las emociones. Porque Honoria no sólo la había desairado cruelmente sino que además, según vio Nicola horrorizada, se había vuelto a coser en el vestido hasta la última pluma que con tanta diligencia le había quitado con ayuda de Martine. Por decirlo sin rodeos, estaba ridícula.

Nicola deseaba con todo su corazón acercarse a ella para decirle: «Ódieme todo lo que quiera, señora, pero por el amor de Dios, quítese las plumas. ¡No le sientan nada bien!»

Pero tal arrebato hubiese sido imperdonable, por lo menos en Almack's, de manera que Nicola se mordió la lengua e intentó no mirar a lady Honoria por si acaso el impulso de arrancar plumas le resultara irreprimible.

Por suerte no tuvo que enfrentarse sola a tanta adversidad. No. Contaba con la protección de lord Sheridan que, aunque sólo era vizconde, por lo menos tenía un título y la reputación de no roncar demasiado fuerte en la Cámara de los Comunes, lo cual era mejor que nada. Y lady Sheridan, además, era un miembro muy respetado de la sociedad. Su protección contribuyó en gran medida a acallar muchas lenguas que de otra manera la hubiesen criticado sin clemencia. Si lady Sheridan pensaba que valía la pena apadrinar a la joven, decidieron muchas señoras, algo tendría que valía la pena.

Y Nicola contaba también con Nathaniel, Eleanor y sir Hugh, todos los cuales habían decidido acogerla bajo el ala y no le permitían pensar demasiado en sus infortunios. Cada vez que esa tarde recibía un golpe, no tardaban en animarla de nuevo.

Por lo menos hasta que vio a lord Sebastian al otro extremo de la sala.

Hasta ese momento Nicola llevaba una semana evitando cruzarse con aquel pretendido caballero. La última vez que lo había visto había sido para decirle que no se casaría con él.

Muchas personas de la sala parecían saberlo, de manera que cuando Nicola cruzó la mirada con el vizconde se produjo un silencio en torno a ellos como si todo el mundo estuviera esperando, tal vez incluso con ansia, que alguno de los intérpretes de aquel pequeño drama estallara delante de todos e hiciera algo interesante, como echarse a llorar y salir corriendo o tal vez sacar una pistola y emprenderla a tiros.

Cuando no sucedió ninguna de estas dos cosas (Nicola decidió sencillamente ignorar al vizconde y él, después de una larga e inescrutable mirada, le devolvió el favor) la multitud, decepcionada al ver que no habría derramamiento de sangre ni físico ni emocional, volvió a lo que estaba haciendo.

Pero Nicola, por más que pretendiera fingir lo contrario, estaba más afectada por lo sucedido de lo que quería admitir. Lord Sebastian estaba guapísimo bajo aquella luz, con el pelo algo revuelto por el baile y su chaqueta púrpura, tan bien ajustada y de corte tan fino. ¡Y pensar que aquella belleza podía haber sido suya y sólo suya! Daba igual que al final resultara que no estaba en realidad enamorado. A pesar de todo la había elegido a ella, a ella, por encima de cualquier otra.

Por fortuna Eleanor advirtió la señal de alarma y agarró a Nicola por los hombros en cuanto tuvo ocasión para darle una ligera sacudida.

—¡Alegre! —le recordó en un susurro—. Dijo que te amaba porque eres alegre.

Aquello fue todo lo que hizo falta para que Nicola saliera de la depresión en la que la había hundido el encuentro con su antiguo prometido. ¡Era verdad! Pero ¿en qué estaba pensando? Las cosas jamás hubiesen ido bien entre ellos dos. Lord Sebastian habría intentado convencerla para que vendiera la abadía de Beckwell, en beneficio de su padre, y Nicola se hubiese negado y en la familia no habría habido más que resentimiento. Ella se habría convertido en la nuera espantosa a la que achacarían todos los males tanto si era culpable como si no, y todo por haber sido tan terca en lo referente a una pequeña abadía sin importancia de Northumberland.

No tenía que pensar en ello. No podía pensar en ello.

Y no pensó. Estaba pasando un rato agradable con Nathaniel, señalándole cómo las demás damas de la sala podían mejorar su imagen con los más mínimos retoques del vestuario, cuando de pronto el Gallina pareció surgir de la nada.

Como si la velada no hubiera sido ya bastante dura. No, por lo visto no sólo iba a ser públicamente humillada por los Bartholomew, sino que además la atormentarían sus propios parientes.

Como si quisiera llamar la atención todo lo posible, el Gallina había elegido aquella tarde llevar un atuendo que Nicola sólo podía calificar de desquiciante, confeccionado en satén marrón (¡por Dios!), con un recargado chaleco rosa. Era verdaderamente horroroso. Desde luego debía de ser una broma del sastre. De no ser así, había que llevar al hombre a la plaza del pueblo para pegarle un tiro e impedir que volviera a cometer un atentado tan espantoso contra la moda.

—¡Vaya, Harold! —exclamó Nicola sin poderse contener—. Pero ¿qué tienes en contra de las chaquetas negras? Creo que no hay nada más elegante que un hombre con un traje negro de buen corte...

Pero aquella tarde por lo visto el Gallina no estaba de humor para escuchar los consejos de Nicola sobre moda, puesto que la interrumpió con una reverencia impaciente.

—Prima, ¿podría hablar contigo unos instantes sobre un asunto de la mayor urgencia? —preguntó, mirando a Nathaniel—. En privado.

Nathaniel, que había observado la llegada del Gallina con una ceja alzada, respondió sin inmutarse:

—¿Sabe, Blenkenship? Por lo general no se considera

nada bien discutir acerca de asuntos privados en reuniones públicas. ¿Por qué no va a visitar mañana a la señorita Sparks para hablar de ese tema tan urgente?

No era una sugerencia, sino una orden. El tono de Nathaniel no dejaba lugar a duda.

Pero el Gallina no se dejó amilanar.

—Me temo que no será posible, señor Sheridan —repuso, con un temblor en sus labios de conejo (no debido a que hubiera heredado la sensibilidad de su padre a las flores, de las cuales había unas cuantas dispersas por las salas, sino a un aparente exceso de emoción)—. Necesito hablar con la señorita Sparks sin dilación.

Nicola se levantó con un suspiro y tendió la mano hacia su primo.

—Puedes acompañarme hasta el otro extremo del salón y luego de vuelta. Pero sólo una vez —aclaró con severidad—. Si en ese tiempo no eres capaz de decirme todo lo que quieres, te aconsejo que pongas el resto en una carta, puesto que esta noche no tengo paciencia para escucharte..., como supongo que ya te imaginas.

Este último comentario se refería, por supuesto, a la actual posición de Nicola por haber roto su compromiso con un apuesto y popular miembro de la asamblea, no precisamente una situación muy envidiable.

—Pero si vengo a verte justo por eso —se apresuró a explicar el Gallina en voz baja mientras caminaban a lo largo de la sala, recorrida ya la mitad de la distancia que tenía permitida para soltar su discurso—. Es por lord Sebastian.

Nicola advirtió que varias cabezas se giraban en su dirección.

—No tan alto —indicó en susurros, con una mirada de reproche a su primo—, por favor, Harold.

El Gallina, mirando nervioso a su alrededor, bajó la voz.

—Llevo toda la semana intentando hablar contigo. Tengo una cosa muy seria que contarte. ¿Por qué no has querido verme?

—¡Vaya! ¡Lo siento mucho, Harold! —exclamó ella con sarcasmo—. Lo único que me pasaba es que rompí mi compromiso con el hombre con el que pensé que pasaría el resto de mi vida. Pido disculpas por no haber recibido visitas pero, como cualquier persona normal esperaría, aunque a ti no se te ocurriera, estaba postrada de dolor.

El Gallina pareció sorprenderse en extremo.

—¿Tú, postrada? No me lo puedo creer. Jamás en la vida te he visto postrada de dolor. Ni siquiera cuando se murió tu poni.

Nicola deseaba con todo su corazón volver a sentarse en un rincón con Nathaniel. No se había dado cuenta, hasta hacía muy poco, de que Nathaniel era de lo más agradable. Y no sólo porque era muy atractivo, aunque por supuesto aquello contribuía; lo que más le gustaba de él era que desde aquel día que habían hablado en el salón de su casa parecían haber llegado a una especie de acuerdo tácito: eran amigos. Aunque todavía discutían, por supuesto, e incluso se peleaban de vez en cuando, como aquella misma tarde habían hecho sobre los méritos literarios de la última obra del señor Scott (Nicola lo consideraba una obra de arte, mientras que Nathaniel lo calificaba de basura para las masas), lo cierto es que parecían estar bastante más de acuerdo que en desacuerdo, para sorpresa de Nicola. Incluso convenían en que sir Hugh era bueno para Eleanor y en que Phillip necesitaba muchísima más disciplina que la que parecía estar recibiendo de cualquiera de sus progenitores.

En general, era más que extraño. Y demasiado maravilloso. Y Nicola quería volver con él lo antes posible.

—Te aseguro, Harold —comenzó con cansancio, deseando poder acabar con aquella entrevista tan pronto como pudiera—, que sentí enormemente la ruptura de mi compromiso. Y ahora dime, por favor, ¿qué es eso tan importante que tenemos que hablar de ello aquí, en pleno baile?

El Gallina miró de nuevo a su alrededor, aunque Nicola no imaginaba por qué estaba tan empeñado en que no los oyera nadie. La conversación, de momento, parecía bastante inocua.

—Es que tengo entendido que el otro día estuviste hablando con mi padre —contestó su primo por fin, en voz tan baja que Nicola tuvo que inclinarse de forma muy poco atractiva (madame hubiese quedado horrorizada) para oírlo.

—Sí —dijo irritada. ¡Por Dios, Harold era un auténtico pesado!—. ¿Y qué?

—Le dijiste que sabías quién era Edward Pease y que conocías sus planes para tender una línea férrea desde Killingworth Colliery.

—Sí. —A Nicola le sorprendió un poco que el Gallina supiera todo aquello—. Sí, así es.

—No deberías haberlo hecho, Nicola. No debiste hacerlo.

—¿El qué? —preguntó ella perpleja.

—Decirle a mi padre que conocías la relación entre Edward Pease y lord Farelly. Y lo que es peor, que conocías sus planes sobre el ferrocarril.

—¿Y por qué no, si puede saberse? Es la verdad, ¿no?

—Sí. Pero no tenías que haber admitido que lo sabías. Cuando el otro día te mencioné el nombre de Edward Pease, no tenía ni idea de que sospechabas quién era o qué relación tenía con lord Farelly.

—¿Y qué? —insistió Nicola. Los acertijos la fastidiaban bastante y aquello parecía que iba a convertirse en el mayor acertijo de todos los tiempos—. Pero bueno, Harold, ¿de qué va todo esto? Te estás poniendo muy pesado.

Fue entonces cuando el Gallina le agarró con fuerza la mano, tiró de ella hacia él y declaró con tono apremiante:

—Nicola, estás en peligro, en grave peligro. ¡Corres un peligro de muerte!

catorce

Nicola se lo quedó mirando.

—Cielo santo, Harold. ¿De verdad hace falta que te pongas tan dramático?

El Gallina se apartó un poco.

—Lo digo en serio —insistió, con expresión herida—. Esta gente va en serio. No se detendrán ante nada.

—De eso estoy segura —contestó Nicola, frotándose la manga que él le había arrugado al tirar—. Supongo que me van a matar para que tu padre herede la abadía y así pueda venderla por las doce mil libras que ofrecen.

El Gallina la miró horrorizado.

—¿Doce mil libras? Ay, Nicola, es mucho más dinero el que está en juego. Las doce mil libras iban a ser sólo tu parte. Mi padre iba a recibir considerablemente más si te convencía para que vendieras.

—Ya —repuso Nicola con frialdad—. Pues qué bonito.

Miró en torno. Todo el mundo estaba bailando, cotilleando, coqueteando o abanicándose. No había ninguna otra joven que pareciera acabar de descubrir que sus únicos parientes estaban tramando matarla para robarle su herencia. Desde luego, se dijo Nicola furiosa, aquello de ir por la vida como una hoja al viento no estaba resultando tal como ella esperaba.

—¿Y bien? —Miró a su primo con hostilidad—. Ahora que me has comunicado tus espantosas noticias, ¿qué me propones que haga?

El Gallina se alarmó. Sus ojitos porcinos parpadearon rápidamente.

—¿Hacer? —repitió como un idiota—. Bueno, ¿acaso no es evidente? Tienes que esconderte.

—¿Esconderme? —Nicola estuvo a punto de echarse a reír—. De eso nada. Yo creo que sería mucho más lógico acudir a los tribunales, ¿no te parece?

—¡Eso nunca! —exclamó Harold—. ¡Piensa en el escándalo!

—Harold. —Nicola lo miró enfadada—. Dices que mi vida está en peligro. En grave peligro, según tú. ¿Y te preocupa el escándalo que podría provocar si acudo a los tribunales? Supongo que mi asesinato resultaría mucho más aceptable socialmente, ¿no?

—Bueno... —El Gallina parecía avergonzado—. Tal vez me he precipitado un poco. Yo no diría que el peligro sea demasiado grave. Creo que sólo pretenden asustarte un poco. No pude oírlo bien... Estaba escuchando detrás de la puerta, ¿sabes?

—Entonces tu información es un tanto sospechosa, ¿no te parece? —dijo Nicola con sequedad.

—Nicola, yo sé muy bien lo que oí. Mi padre y lord Farelly están planeando algo y puedes estar segura de que no será nada bueno. Si tuvieras dos dedos de frente te marcharías de Londres ahora mismo. —Nicola lanzó un delicado resoplido de risa—. ¡Ay, Dios! —exclamó el Gallina—. Ya me imaginaba que responderías así. A pesar de todo lo he intentado. —Y añadió, animándose—: Siempre queda la posibilidad de que no tengan intención de matarte, ¿sabes? A lo mejor sólo quieren darte un susto...

—No sabes cómo me tranquilizas. Bueno, si ir a la policía no va a servir de nada, ¿qué es lo que tengo que hacer?

El Gallina se humedeció los labios. Parecía nervioso, incluso más de lo habitual.

—Pues... he estado pensando y tengo un plan..., aunque es un poquito atrevido.

Nicola no pudo evitar pensar que, para el Gallina, ir a la esquina a comprar el periódico era temerario. Sin embargo, con forzada paciencia, le pidió:

—Cuéntamelo, Harold.

—Bueno. Supongo que no sabrás que me dedico a diseñar ropa para hombres.

Nicola miró con ciertas dudas la chaqueta y los pantalones de color ocre.

—No. ¿Me estás diciendo que tú mismo has diseñado ese... ese conjunto que llevas?

—Pues así es —contestó el Gallina, más ufano que nunca—. ¿Te gusta?

—Es muy... muy original —murmuró ella.

—Sí, yo también lo creo. Pero ¿sabes? Parece que aquí en Inglaterra los hombres tienen un gusto muy conservador en cuanto a su ropa se refiere. Mis diseños no son muy bien acogidos. Es por eso que últimamente... Bueno, Nicola, he estado pensando en marcharme a... Bueno, a América.

Nicola lo miró parpadeando perpleja.

—¿A América, Harold? ¿Tú?

El Gallina lanzó una trémula carcajada.

—Es una locura, ya lo sé. Pero creo sinceramente que sería lo mejor. Mi padre... Bueno, ya sabes, jamás me consentiría que me dedicara al negocio de la moda. Pero en América podría comenzar de cero. Y allí la gente está mucho más dispuesta a aceptar cosas nuevas...

Nicola no pudo evitar sentir lástima por los residentes de Boston o Nueva York, que pronto estarían sometidos a las peregrinas ideas de su primo Harold sobre ropa masculina.

—Ya —fue todo lo que dijo—. Pues me alegro por ti.

En ese momento Harold le agarró la mano una vez más con una expresión emocionada en su rostro insípido y pálido.

—No, Nicola. No lo entiendes. Te estoy pidiendo que vengas conmigo a América. Tú sabes mucho de costura y esas cosas. Estaba pensando que podrías ayudarme a abrir una tienda. Juntos llevaríamos una moda atrevida a Estados Unidos... Y allí estarías segura.

Nicola se sintió conmovida por aquella generosa invitación. Pero no tenía el menor deseo de trasladarse a América con el Gallina que de permitir que un ferrocarril pasara por el centro de su salón.

—Harold, eres muy amable —comentó, dándole un apretón en la mano antes de dejarla caer, como si los dedos del Gallina se hubieran humedecido demasiado en los suyos—. Pero, como ya sabrás, yo soy de las que presentan batalla. Y en este caso no será diferente.

El Gallina pareció decepcionado, pero no sorprendido.

—Ya lo suponía —dijo, con los hombros hundidos bajo las hombreras de su absurda chaqueta—. Pero por si acaso cambias de opinión, quiero que sepas que he sacado billete para el barco que sale mañana por la noche hacia Filadelfia. Tengo una habitación en la posada que hay junto al muelle donde está atracado el barco. Se llama White Dog. Si me necesitas, allí estaré.

—No te necesitaré —le aseguró Nicola, justo cuando Nathaniel se acercaba.

—Nicky —la llamó, con aquella voz que ella siempre había considerado insufriblemente burlona pero que ahora sabía que era amistosa—. Nicky, ahora viene el Sir Roger. ¿Quieres bailar conmigo? Me lo prometiste la semana pasada.

Nicola no le había prometido nada similar. Nathaniel, el bueno de Nathaniel, sólo intentaba ayudar porque creía que Harold intentaba pedirle el siguiente baile, no que pretendía llevársela a América asustándola con el cuento de que su tío planeaba matarla.

Nicola se lo explicó todo mientras bailaban.

—¿Matarte? —exclamó Nathaniel con expresión horrorizada—. ¡Nicky!

—Bueno, puede que no pretenda matarme. A lo mejor sólo quiere darme un susto. Harold no estaba muy seguro. Por lo visto escuchó la conversación detrás de la puerta.

—Tenemos que informar de inmediato a los magistrados —dijo Nathaniel, apretándole la mano con fuerza.

—¿Y qué les decimos, Nat? ¿Que mi primo, que siempre ha sido un alarmista, cree que ha oído a su padre decir que pretende matarme?

Nathaniel frunció el ceño. Nicola se sorprendió al advertir que incluso con la frente arrugada Nathaniel Sheridan estaba muy guapo.

—Esto es muy serio, Nicky. Voy a contárselo a mi padre. Tiene que haber algo que...

—¡No, por favor! —exclamó Nicola alarmada—. Por Dios, no le digas nada a tu padre. No quiero que todo el mundo sepa que Sebastian Bartholomew quería casarse conmigo sólo porque su padre quería hacer pasar el ferrocarril por mi casa. Ya es bastante malo que lo sepas tú —añadió con amargura.

A pesar de estar a mitad del baile, Nathaniel se detuvo de pronto y la miró con un brillo casi sobrenatural en los ojos, unos ojos que a la luz de las velas parecían casi tan refulgentes como el oro, casi como los de un gato.

—Nicola... —comenzó, con una voz más profunda de lo habitual. Aquella gravedad, combinada con los ojos de gato y el hecho de que Nathaniel rara vez la llamaba otra cosa que no fuera Nicky, la hicieron dar un rápido e involuntario paso atrás...

De manera que nunca llegó a saber lo que Nathaniel había estado a punto de decirle, porque chocó contra el hombre que iba detrás de ella.

—Señorita Sparks.

Nicola, que había perdido el equilibrio, estuvo a punto de tambalearse de nuevo al oír aquella voz. Pero lord Sebastian le agarró la mano para evitarlo.

—Es una suerte que nos hayamos encontrado de este modo —dijo en tono amable el hombre al que ella había considerado en otros tiempos un dios; sus ojos azules, sin embargo, echaban chispas de rabia traicionando su amabilidad—. Esperaba poder tener unas palabras con usted.

—No tiene nada que decirte, Farnsworth. —Nathaniel agarró a Nicola de la otra mano y tiró de ella—. Vamos, Nicola.

Pero lord Sebastian no la soltaba.

—Yo creo que la señorita Sparks puede decidir por sí misma si tiene o no algo que decirme.

Nicola no tenía nada que decirle a lord Sebastian, pero tampoco quería provocar una escena en Almack's. Ya se habían vuelto demasiadas cabezas hacia ellos y ya tenía bastantes problemas por haber roto su compromiso con el agradable lord Sebastian. No le hacía ninguna falta empeorar las cosas provocando una pelea en pleno Sir Roger de Coverley.

—No pasa nada —le dijo a Nathaniel, apartando la mano con suavidad—. Sólo será un momento.

Nathaniel parecía dispuesto a protestar, pero Nicola no le dio ocasión. Agarró a lord Sebastian del brazo y se dirigió a tan ilustre personaje:

—Que sea rápido, milord —dijo con la comisura de la boca—. No tengo ni tiempo ni paciencia para tonterías.

—Venga, venga usted, Nicola —la apremió lord Sebastian, mientras saludaba con la mano a una tía soltera que se encontraba a cierta distancia en la sala—. ¿De verdad creía que podría evitarme toda la vida?

—Eso esperaba.

—Sus palabras me hieren —repuso él, con expresión casi sincera—. Me ha asestado un golpe mortal. ¿Por qué ha devuelto todas mis cartas sin abrir?

—Porque no tenía ningún interés en leer lo que pudiera usted decirme —le contestó Nicola con frialdad.

Si esto le molestó, lord Sebastian no dio pruebas de ello.

—¿Y por qué no quería verme cuando iba a visitarla?

—Porque lo desprecio.

—No la creo. —Habían llegado a una pequeña antecámara. Los únicos ocupantes, al verlos entrar, se marcharon de inmediato con las cejas alzadas y una expresión de complicidad. Aquello permitió al vizconde comportarse de manera todavía más estúpida, ya que nadie los observaba. Cayó sobre una rodilla ante Nicola y, puesto que seguía agarrándole la mano, se la llevó a los labios.

—¡Nicola! —exclamó—. ¿Cómo puede ser tan cruel con un hombre cuyo único crimen es haberla amado?

—Levántese —lo apremió Nicola indignada—. Parece un idiota. Y eso de que me ama es nuevo para mí. Lo último que oí es que me consideraba alegre, cualidad que difícilmente se puede considerar capaz de enloquecer a un hombre. Y ahora, dígame, ¿qué es eso de que su padre está conspirando con mi tutor para matarme?

Lord Sebastian la miró perplejo, cosa que sorprendió un poco a Nicola.

—¿Matarla? No se atrevería. Si usted muriera, Nicola, mi corazón también dejaría de...

—Ay, por Dios, deje eso de una vez. Cuénteme cuáles son los planes de su padre para la abadía de Beckwell. Porque yo no pienso vender. No venderé mientras me quede aliento en el cuerpo. Más vale que se lo comunique.

Lord Sebastian se puso en pie con un suspiro y se sacudió el polvo de las rodillas.

—Nicola —dijo, en un tono muy distinto. La joven suponía que sería su voz auténtica. Era curioso oírla por primera vez ahora que todo había terminado entre ellos—. ¿Por qué no puede ser una buena chica? Cásese conmigo. Nos lo pasaríamos muy bien, ¿sabe?

Nicola, impaciente, daba golpecitos con el pie en el suelo.

—Porque yo no quiero pasármelo bien —declaró con aspereza—. Cuando me case, milord, será porque siento por mi esposo, y él por mí, una pasión ardiente cuyos fuegos no podrán nunca extinguirse. No nos lo pasaremos bien, sino que encontraremos el cielo el uno en brazos del otro. ¿Le ha quedado bastante claro?

Lord Sebastian frunció los labios un poco. Nicola pensó que le estaba haciendo un mohín, pero después se dio cuenta de que era la expresión del vizconde cuando pensaba.

—Todo eso de la pasión está muy bien —comentó él por fin—, pero ¿no preferiría divertirse? Porque le prometo, Nicola, que si se casa conmigo nos divertiremos muchísimo. Incluso podemos ir de viaje, si quiere. A Grecia o algo así. He oído que en Grecia hay diversión a raudales.

—Yo no quiero ir a Grecia, milord. Lo que quiero es conocer los ridículos planes que traman su padre y el Gruñón. ¿Los conoce? Si es así, le agradecería que me pusiera al corriente. Y si no es así, le agradecería que no me hiciera perder más el tiempo.

Lord Sebastian hizo una mueca. Ahora sí que era un mohín de enfado.

—Realmente es usted la criatura más conflictiva del mundo, Nicola —se quejó—. Cualquier otra joven estaría encantada de casarse conmigo. Soy un hombre de lo más atento, ¿sabe?

Nicola, a quien aquellos argumentos no convencían en absoluto, se limitó a declarar:

—Ya está bien. Me voy. —Y se dio media vuelta.

—¡Espere!

La joven se detuvo bajo el arco que llevaba a la sala principal.

—¿Sí, milord?

El vizconde suspiró.

—¿Por qué tiene que complicarlo todo tanto? —masculló, mirándose los zapatos. Luego alzó la vista—. Está bien, está bien. Sí, habían hablado alguna vez de declararla demente...

—¿Me querían internar? —chilló Nicola muy alarmada.

—Sí. En un manicomio. Así su tío podría hacerse cargo de sus asuntos...

—¡No es mi tío! —le interrumpió Nicola.

—Pero —prosiguió lord Sebastian sin hacerle caso— mi padre consiguió hacerle desistir de aquella ridícula idea señalando que cuenta usted con bastantes amigos (los Sheridan, por ejemplo) que estarían más que dispuestos a jurar que está cuerda. De manera que su tío abandonó el plan.

—¡Eso espero! —exclamó Nicola con los dientes apretados y el rostro congestionado de rabia—. ¡Loca! ¡Loca, yo! No he oído nada tan ridículo en toda mi vida. —Y entornando los ojos añadió—: Muy bien, prosiga. Seguro que eso no es todo. Me imagino que habría un segundo plan, en caso de que el primero fallara.

—¡Vamos, Nicola! —dijo lord Sebastian, ahora también él irritado—. A pesar de lo que usted parece creer, el mundo no gira a su alrededor. Creo que su tío ha renunciado a la idea de apoderarse de la abadía de Beckwell.

Nicola entornó los ojos todavía más.

—¿Y por qué no le creo?

—¡Se lo juro! —Lord Sebastian parecía molesto—. La suya no es la única propiedad a la que habían echado el ojo en Northumberland. El hecho de que no venda no va a detener sus planes de expansión. Sencillamente, tenderán la vía férrea alrededor de Beckwell, en lugar de hacerla pasar a través sus tierras. Y ya está.

Nicola no estaba dispuesta a confiar en un hombre que hacía una semana estaba decidido a casarse con una persona a la que no amaba en absoluto. Pero tenía que admitir que lord Sebastian parecía bastante sincero. También parecía harto de aquella conversación, lo cual era prueba suficiente de que probablemente no estaba mintiendo para prolongarla.

—¿Nicky?

Los dos alzaron la vista. Nathaniel Sheridan estaba en la puerta, con la espalda más recta que una escoba y el mentón tenso en un gesto... peligroso, pensó Nicola. Aquel músculo que ella sólo había visto una vez parecía palpitar con un ritmo regular.

Lord Sebastian también lo notó, pero pareció malinterpretarlo.

—No te preocupes —dijo con tono asqueado, pasando por delante de Nathaniel para volver al salón principal—. Es toda tuya.

Nicola notó que se sonrojaba. «¡No es eso! —casi gritó—. ¡No es eso en absoluto!» Nathaniel y ella eran sólo amigos, nada más.

Pero Nathaniel, en lugar de negar lo que insinuaban las palabras del vizconde, se quedó callado. Se apartó un poco para dejar salir a lord Sebastian y luego le tendió la mano a Nicola.

—Anda. Vámonos a casa.

Y de pronto, aunque aquello no tenía ningún sentido, Nicola comenzó a desear que lord Sebastian tuviera razón... y que Nathaniel y ella fueran algo más que amigos.

Pero aquello, por supuesto, era ridículo. Nathaniel Sheridan no era nada para ella, excepto el hermano mayor de su más íntima amiga. Y un hermano bastante irritante, además, que siempre se burlaba de su amor por la poesía romántica y los figurines de moda. Nicola no podía desear que hubiera algo más entre ellos...

¿O sí?

quince

Querida Nana:

Espero que al recibir la presente Puddy y tú estéis bien. Han pasado muchas cosas desde la última vez que te escribí. Siento mucho tener que decirte que me vi obligada a romper mi compromiso con lord Sebastian. Resulta que...

Nicola hizo una pausa para mordisquear el extremo de la pluma. ¿Cómo expresar lo que venía a continuación? No quería asustar a Nana, pero tampoco le gustaba mentir.

... las cosas no eran como yo pensaba. Pero no te preocupes, no estoy triste. Bueno, estuve muy triste y desesperada, pero ahora me he dado cuenta de que a veces estas cosas suceden para bien. Así que, aunque parece ser que al final ya no seré vizcondesa, me complace decir que sigo siendo tuya.

NICKY

Ya está, pensó al releer la carta. Y había logrado el tono adecuado, no demasiado triste pero tampoco demasiado estúpido. Sólo añadiría algo sobre los Sheridan, especialmente sobre Nathaniel, que había sido tan amable con ella. Y no porque sospechara que algún día Nana y él fueran a conocerse. No, de ninguna manera. Nathaniel tenía tantas probabilidades de declararle su amor como de ir a la Luna, teniendo en cuenta que estaban discutiendo casi constantemente.

Nathaniel se encontraba en aquel momento en el salón, leyendo el periódico. Nicola le miró un instante preguntándose cómo, con todas las virtudes que en sus cartas había atribuido al vizconde, convencer a Nana de que, según sospechaba ahora, jamás había amado a lord Sebastian. Bueno, desde luego se había sentido muy atraída por él, de eso no cabía duda. Pero ¿cómo había podido creer que le amaba, cuando ni siquiera había llegado a conocerle? No tenía ni idea de cómo le gustaba tomar el té, ni de cuál era su opinión sobre el Decreto de Fontainebleau, ni si consideraba a Mozart un genio o un oportunista.

En cambio, conocía la opinión de Nathaniel Sheridan en estas tres cuestiones y en muchas, muchas otras. Hasta sabía que a Nathaniel le gustaba el teatro pero odiaba la ópera; que le gustaba pescar pero no el pescado; que era capaz de leer un libro entero en una tarde (incluso un libro largo y aburrido) pero también estaba más que dispuesto a pasar esa misma tarde ayudando a su hermano pequeño a construir una fortaleza con las sillas del comedor y los mejores manteles de su madre.

Como si notara la mirada de Nicola, Nathaniel dejó el periódico y se volvió hacia ella con expresión inquisitiva y aquel eterno mechón de pelo oscuro sobre el ojo derecho.

—¿Es que me han salido monos en la cara, señorita Sparks? —preguntó con sequedad.

—No —se apresuró a contestar Nicola, inclinándose de nuevo sobre la carta, tanto para ocultar el intenso rubor de sus mejillas como para evitar su penetrante mirada.

—Monos —repitió el joven Phillip Sheridan con una risita mientras jugaba con uno de los perros—. ¡Eso sí que me gustaría verlo!

—Nathaniel —le advirtió lady Sheridan, que también estaba escribiendo cartas—. Deja en paz a Nicola.

—De mil amores —contestó el joven, pasando una página del periódico.

«Vaya por Dios», pensó Nicola, mordiendo el extremo de la pluma. Ahora probablemente Nathaniel pensaría que estaba enamorada de él. Y no era verdad. No era verdad.

Sólo que...

Bueno, Nathaniel Sheridan estaba muy guapo vestido de chaqueta. Aquello no podía negarse. ¿Podría escribir eso en la carta a Nana? ¿O sería más importante mencionar que Nathaniel acababa de sacarse el título de matemáticas en Oxford? ¿Qué impresionaría más a Nana, en el caso de que los dos llegaran a conocerse alguna vez? ¿El traje de chaqueta o el título de matemáticas? Tal vez no debiera mencionar ninguna de las dos cosas y escribir en cambio que Nathaniel Sheridan tenía los ojos del color del río Tweed en otoño.

En ese momento entró el mayordomo con una carta en una bandeja de plata.

—Acaba de llegar —anunció Winters sin inflexiones—, para la señorita Sparks, señora.

Lady Sheridan, absorta en la larga carta que le estaba escribiendo a su hermana, en la que explicaba por qué no era el mejor momento para que acudiera a visitarlos con sus siete hijos, despidió al criado con un gesto.

Winters hizo una reverencia y le tendió la bandeja a Nicola. Puesto que la joven no solía recibir muchas cartas por correo especial, era muy consciente de que tanto Eleanor como sus dos hermanos la miraban mientras abría el sello y leía lo siguiente:

Mi más querida señorita Sparks:

Me encuentro en una situación de la que sólo usted, con su exquisito gusto, puede rescatarme. Quisiera comprar un chal para Eleanor, pero estoy en un dilema en cuanto al corte y el color. Me encuentro en Grafton House. Le rogaría que tuviera la amabilidad de ayudar a un hombre desesperado por sorprender a su único amor. Supongo que no hace falta añadir que es necesaria su más absoluta discreción, puesto que el chal será una sorpresa por nuestro primer mes de noviazgo. ¿Podría venir enseguida? Se lo suplico.

SIR HUGH

Nicola tuvo que contenerse para no levantarse de un brinco. Siempre le había gustado sir Hugh, pero aquello... Bueno, aquello le reservaba para siempre un lugar en su corazón. ¡Un hombre tan enamorado que se acordaba de celebrar el primer mes de noviazgo! ¡Y que deseaba celebrar la ocasión regalándole un chal a su amada! Desde luego era casi seguro que un regalo tan personal sería confiscado por lady Sheridan, una persona muy tradicional para quien los únicos regalos aceptables entre un hombre y una mujer que no estuvieran casados eran las flores, los bombones y los libros.

Y era todo un detalle que sir Hugh reconociera que Nicola era la persona más adecuada a la que recurrir cuando se trataba de comprar una prenda de ropa. Porque, ¿quién sabía más de ropa que Nicola? Nadie en todo Londres.

—Espero que no sean malas noticias, Nicky —comentó Eleanor preocupada.

—Se le nota en la cara que no —comentó Nathaniel, bastante divertido—. Parece un gato que se hubiera colado en una pastelería.

Nicola dobló la carta, se la metió en la manga y se puso en pie.

—Es de Stella Ashton —explicó, en un tono que esperaba que considerasen displicente y despreocupado—. Está desesperada porque no sabe qué ponerse para ir al teatro esta noche. Quiere que vaya a su casa para ayudarla a decidir.

Eleanor asintió con la cabeza y volvió a su libro.

—Bueno, no es de extrañar. Al fin y al cabo, si no fuera por ti todavía llevaría ese espantoso vestido amarillo.

—No pensarás ir, ¿verdad? —preguntó Nathaniel perplejo.

—Pues claro que sí. Es evidente que me necesita.

—¿Para ayudarla a vestirse?

—Desde luego que no —contestó Nicola con desdén—. Para eso tiene a la doncella. Me necesita para que la ayude a decidir qué ponerse.

Nathaniel dejó el periódico. La perplejidad había dado paso al disgusto. Se levantó y se marchó de la sala sacudiendo la cabeza en un gesto que evidentemente quería decir: «¡Mujeres!»

Nicola, pensando que Nathaniel tenía mucho que aprender de sir Hugh, que de momento era su ideal de hombre perfecto, preguntó:

—¿Puedo ir, lady Sheridan?

—Por supuesto, querida —contestó la dama sin alzar la vista de la carta—. Pero vuelve a casa a tiempo para el almuerzo.

—Estaré aquí mucho antes —le aseguró Nicola. Y a continuación fue por su sombrero y sus guantes.

Una vez segura de que podía escapar, se puso a considerar qué haría en cuanto llegara a la calle. Porque sir Hugh no le había indicado cómo tenía que llegar a Grafton House. Las jóvenes no andaban por Londres sin escolta, ni siquiera por los barrios más modernos.

Pero no parecía tener otro remedio. Seguramente sir Hugh la acompañaría a la vuelta, pero Nicola tenía que encontrar ella sola el camino hacia la tienda que, por fortuna, no quedaba muy lejos de casa de los Sheridan.

Aun así, Nicola consideró que una joven en su situación, que acababa de romper un compromiso, no podía permitirse que la vieran andando sola por la calle. La gente, ya más que dispuesta a encontrar defectos al comportamiento de alguien que había desairado a un personaje tan deseable como el vizconde de Farnsworth, podía hacer comentarios desagradables.

De manera que examinó el contenido de su bolso y encontró suficiente dinero para alquilar un coche de caballos.

Por fortuna se acercaba uno que parecía vacío. En efecto, cuando Nicola alzó la mano el cochero detuvo el caballo. Había tenido suerte.

En cuanto se acomodó en el asiento de cuero informó:

—A Grafton House, por favor.

—Como desee.

Nicola se reclinó pensando en la sorpresa que se llevaría Eleanor cuando viera el chal. Porque aunque Nicola todavía no había visto las prendas entre las que sir Hugh intentaba decidir, ya sabía con toda certeza el que recibiría Eleanor: uno de seda china, de color amarillo vivo decorado con azules y verdes eléctricos. Lo habían visto la última vez que habían entrado en la tienda y les había encantado. Valía una fortuna, pero sir Hugh se lo podía permitir, pensó Nicola. Además, querría comprarle a Eleanor lo mejor, ¿no? Y el verde eléctrico realzaría los matices esmeralda de los ojos avellana de Eleanor.

Nicola se estaba imaginando una agradable escena en la que Nathaniel, después de observar la inmensa alegría de su hermana al abrir el regalo de su prometido, se volvía hacia la propia Nicola diciendo:

—¿Qué te parece, Nicky? ¿Deberíamos intentarlo nosotros también?

Pero de pronto se dio cuenta de que el entorno no le resultaba conocido. No se dirigían al barrio de Londres donde se encontraba Grafton House. De hecho, ni siquiera sabía en qué zona de la ciudad se encontraba. No había estado allí nunca.

—Creo que no me ha entendido —dijo, inclinándose para que la oyera el cochero—. He dicho a Grafton House. Sabrá dónde es, ¿no? Porque me parece que por aquí no vamos bien.

El cochero, por única respuesta, hizo restallar el látigo para poner al trote al caballo.

Nicola, con la sacudida, cayó contra el respaldo del asiento. ¡Cielo santo! ¿Qué estaba pasando? ¿Estaría el hombre borracho? ¡Ya era mala suerte haber alquilado precisamente aquel calesín!

—Señor, aquí ha habido un error —exclamó Nicola. Seguían avanzando a mucha velocidad entre casas que se iban haciendo cada vez más sórdidas—. Le he dicho a Grafton House. ¡Grafton House!

Pero el cochero no le prestaba la más mínima atención.

Nicola, por primera vez, comenzó a sentir miedo. Pero ¿adónde la llevaba? ¿Y por qué? No pudo evitar recordar la historia que le había contado una vez Martine, sobre un hombre que había perdido a su esposa y la echaba tanto de menos que, cuando se encontró con una mujer que se le parecía, la secuestró, se la llevó a su casa y se puso a darle órdenes como si fuera su esposa de verdad. Al final la mujer se había escapado, pero sólo después de sufrir la humillación de tener que lavar la ropa de toda la familia.

Nicola no quería lavar la ropa de aquel hombre, ni ninguna otra ropa, puestos al caso. ¡Qué espanto!

A medida que el aspecto de las casas iba siendo todavía más cuestionable, se le ocurrió a Nicola que el cochero podía tener en mente algo mucho peor que obligarla a lavarle la ropa.

De manera que se inclinó hacia delante (tarea difícil dada la velocidad a la que el calesín recorría aquellos callejones) e hizo lo único que se le pasó por la cabeza, que fue meterle los dedos en los ojos al cochero.

Pero su atrevida acción no obró el efecto deseado. Porque en lugar de tirar de las riendas aullando de dolor, detener el carruaje y brindar a Nicola una oportunidad de escapar, el hombre soltó una maldición y de un manotazo en la cara muy poco ceremonioso arrojó a Nicola de nuevo en el asiento.

—¡Como vuelva a hacer una cosa así la ato y la amordazo! —amenazó con rabia—. ¡Ya lo verá!

Aquélla era una información bastante alarmante, por decirlo con suavidad. Nicola se quedó allí sentada, con el sombrero irreparablemente arrugado y perdido el bolso. Pero no prestó mucha atención a aquellos detalles. Lo único que podía pensar era: «¡Me han secuestrado! ¡Me han secuestrado a plena luz del día!»

Consideró ponerse a gritar, pero recordó la amenaza de amordazarla. Lo que menos falta le hacía era que le metieran en la boca alguna hedionda prenda de ropa del cochero. Y sabía que sería hedionda porque la mano del hombre, cuando se la puso en la cara para darle el empujón, olía fatal. Nicola dudaba muchísimo de que poseyera, y mucho menos que llevara encima, un pañuelo limpio. De manera que sin duda el objeto que utilizaría para acallarla sería un pañuelo sucio y asqueroso. Y Nicola no podría soportar nada similar.

Además, pensó sombría mientras el coche recorría con estruendo la calleja estrecha y sinuosa, era poco probable que aunque gritara nadie de aquel barrio se apresurase a acudir en su rescate. Las pocas personas que logró ver parecían tan desastradas como las casas. No se encontraba en Mayfair, donde un grito de mujer hacía acudir a toda prisa a un policía y, muy probablemente, a media docena de fornidos lacayos. En aquel barrio un grito sólo atraería a una multitud de mirones, ansiosos por contemplar el asesinato de una joven dama de sociedad.

¿Y si se bajaba de un brinco? ¿Y si huía dando un salto espectacular del calesín para ponerse a salvo? Lo más seguro era que se partiera la cabeza contra los adoquines, eso si lograba evitar que los cascos del caballo la hicieran picadillo o que las ruedas del vehículo la cortaran en dos.

¡Ah! ¿Y qué probabilidades tenía de que la rescataran?

Muy pocas, en realidad, puesto que nadie tenía ni la más remota idea de adónde había ido. Cabía la posibilidad de que sir Hugh, al ver que no acudía a la tienda, fuera a casa de los Sheridan a investigar. Pero dadas las circunstancias, ¿cómo podía asegurar que sir Hugh hubiese escrito aquella nota? Podían haberla falsificado sin dificultades. Nicola no conocía la caligrafía del prometido de Eleanor.

Pero si sir Hugh no había escrito la nota, ¿quién lo había hecho?

Y de pronto supo la respuesta. Porque el cochero había tirado de las riendas para detener el calesín. Nicola, que casi se había caído al suelo del carruaje (bastante asqueroso porque había visto las suelas de un buen número de zapatos en un pasado reciente), se levantó como pudo dispuesta a escapar.

Pero el cochero pareció adivinar sus pensamientos, porque tendió inmediatamente las manos y la bajó del carruaje con la delicadeza con la que se maneja un saco de patatas.

—¡Suélteme ahora mismo! —gritó Nicola airada (aunque había que admitir que su voz temblaba un poco)—. ¿Cómo se atreve a maltratarme de esta manera? ¡Haré que le metan en la cárcel!

El cochero, sin inmutarse, la arrastró tirando de su brazo hasta el edificio bajo y miserable junto al que se había detenido. Nicola apenas tuvo tiempo para echar un vistazo alrededor y ver sorprendida que estaban junto al mar: por todas partes había gaviotas posadas en barriles, detrás de los cuales se alzaban los mástiles de los barcos. En el aire se percibía el olor a sal y un viento riguroso azotaba sus mejillas.

El hombre la empujó por una puerta estrecha. El interior estaba oscuro en contraste con la intensa luz del exterior y sus ojos tardaron un momento en adaptarse. Pero cuando por fin pudo ver algo no fueron los nueve hijos del cochero y los montones de ropa sucia, tal como casi esperaba.

No, vio el rostro familiar, y no particularmente grato, de alguien a quien conocía muy bien y que ahora sonreía desde una pequeña mesa junto a la que estaba sentado con las manos regordetas sobre un bastón de puño de plata.

—Hola, Nicola —saludó lord Farelly.

dieciséis

—¡Usted! —exclamó Nicola.

—Sí, soy yo —dijo lord Farelly con amabilidad—. Muchas gracias por unirse a nosotros. Quisiera pedirle perdón por el ignominioso método por el que la han conducido hasta aquí. Pero comprenderá, por supuesto, que era poco probable que viniera si le enviábamos una invitación.

—Es muy terca —se oyó otra voz, también muy conocida—. Siempre ha sido espantosamente terca. En eso se parece a su padre.

Nicola, parpadeando en la penumbra, volvió la cabeza hacia la voz.

—Lord Renshaw —comentó no muy sorprendida al ver al atildado personaje—. Debería haberlo supuesto.

—Sí. —El Gruñón echó atrás su silla y se levantó—. Con tanto dinero que se ha malgastado en tu educación y no te ha servido para nada, ¿verdad? Podríamos haberlo tirado a un pozo.

Nicola, ahora que por fin se le habían acostumbrado los ojos a la penumbra, vio que se encontraba en lo que parecía ser una taberna abandonada. A lo largo de una pared había una barra sobre la cual pendía un espejo combado y bastante sucio. Una escalera desvencijada en la pared opuesta llevaba al primer piso. En las mesas mugrientas dispersas por la sala había otros individuos a los que Nicola también conocía. Uno de ellos era lord Farelly y otro el Gruñón, pero lord Sebastian también estaba, apoltronado, con las largas piernas estiradas y aspecto de estar muy satisfecho de sí mismo.

Y en otra mesa, al fondo de la sala, había otra persona a quien Nicola conocía pero a la que jamás hubiera esperado ver en situación semejante.

—¡Harold! —exclamó sin aliento—. Pero ¿cómo has podido?

Había que admitir que el Gallina, hundido en la silla, parecía tremendamente abatido, aunque Nicola no supo si atribuirlo a las circunstancias en las que se encontraba o al horroroso chaleco bermellón que llevaba bajo una chaqueta azul pastel.

—Lo siento, Nicola. Lo siento. Yo intenté advertirte...

—Sí —lo interrumpió lord Farelly poniéndose en pie. Su chaleco, de una delicada combinación de rosa y verde, le quedaba un poco tirante sobre la prominente barriga—. Y no puedo decir que le estemos agradecidos, señor Blenkenship..., aunque por fortuna sus advertencias no sirvieron de gran cosa.

El Gallina, que parecía a punto de echarse a llorar, se levantó con tal brusquedad que la silla cayó hacia atrás con estrépito.

—¡Animales! —gritó. Su cara pálida parecía tan redonda como la luna en aquella penumbra—. ¡Eso es lo que son! ¡Animales horribles y asquerosos!

—Por Dios, Harold —terció el Gruñón detrás del pañuelo que se había llevado a la nariz—. Cállate. Y estate quieto, ¿quieres? Estás levantando un montón de polvo. No sé quién es el propietario de este local, Farelly, pero habría que pegarle un tiro. No había visto en mi vida un descuido tan escandaloso. Cualquiera se asfixiaría con este polvo...

—¿Dónde está mi guinea? —preguntó de pronto el cochero que había llevado a Nicola hasta allí.

—No se preocupe por su dinero —replicó lord Farelly—. Se le pagará a su tiempo. Ahora salga para asegurarse de que no entra nadie.

El cochero abrió la puerta con un gruñido, dejando entrar un rayo de luz, y la cerró de golpe al salir, levantando otra nube de polvo que provocó otro ataque de tos al Gruñón.

—¿Una guinea? —Nicola, a pesar del miedo que tenía, miró ceñuda a lord Farelly—. ¿Eso es todo lo que ha tenido que pagar por mi secuestro? ¿Una guinea?

—Soy un hombre dispuesto a aceptar una ganga cuando se me ofrece —declaró lord Farelly inclinándose un poco sobre su bonito bastón—. No creo que me lo pueda echar en cara, señorita Sparks. El ahorro suele considerarse una virtud.

Aunque en aquel momento no se sentía muy valiente, Nicola resopló. Madame siempre había desaprobado aquel método de comunicar los sentimientos, pero Nicola suponía que incluso madame hubiese convenido en que la mayoría de las reglas de etiqueta podían descartarse en caso de secuestro.

—Ya —dijo sarcástica—. Su sentido de la economía es sin duda digno de encomio, milord.

En ese momento lord Sebastian se desperezó antes de levantarse y dijo con su perezosa manera de arrastrar las palabras:

—A ver, ¿no podemos terminar de una vez? Tengo que ver a un hombre para hablar de un caballo.

—¿Otro? —El Gruñón bajó el pañuelo y miró al vizconde con desaprobación—. ¿No había comprado un caballo el mes pasado?

Lord Sebastian miró a su vez a lord Renshaw con disgusto.

—Todos los caballos que se tengan son pocos.

—Yo no estoy del todo de acuerdo...

—¡Ya basta! —Lord Farelly agarró una silla—. Creo que estamos olvidando nuestros modales. Al fin y al cabo hay una dama presente. ¿Señorita Sparks? ¿Quiere tomar asiento, querida?

Nicola plegó las manos con remilgado ademán.

—Gracias, pero no. Prefiero estar de pie.

—¡Que se siente! —bramó el conde, con tanta vehemencia que de las pesadas vigas de roble del techo cayó sobre ellos otra nube de polvo como si fuera nieve.

Nicola se apresuró a obedecer y se sentó con el corazón acelerado y la súbita sospecha de que tal vez no sobreviviera a la tarde.

—Así está mejor —añadió lord Farelly con su voz de siempre. Incluso sonrió, como había sonreído el día que la llevó a montar en la *Voladora*—. Ahora, ¿le apetecería tomar algo? Lamento decir que no hay té, pero podría ofrecerle una cerveza...

—No, muchas gracias. Estoy bien así.

—Muy bien, muy bien.

El conde dio la vuelta a otra silla y se sentó al revés, de

manera que sus codos descansaban en el respaldo. Entonces miró a Nicola con expresión bondadosa.

Sólo que esta vez Nicola sabía que no podía fiarse de ella.

—Como ya habrá podido suponer, señorita Sparks, tenemos un problema —explicó el conde—. Verá, soy socio de una compañía llamada Stockton and Darlington. ¿Lo sabía?

Nicola consideró más sensato no confesar que ya había leído todo lo posible sobre aquella compañía gracias a la correspondencia privada del caballero que había encontrado mientras fisgoneaba en sus cajones.

—No, milord —contestó, abriendo mucho los ojos con expresión de inocencia.

La mentira dio resultado.

—No, por descontado que no habrá oído hablar de ella. Pues bien, la compañía Stockton and Darlington se dedica al mercado del carbón. Nuestro objetivo es que todos los habitantes de Inglaterra, y a su debido tiempo del mundo entero, tengan acceso a nuestro producto. Un objetivo muy noble, ¿no le parece, querida?

Nicola, después de mirar un instante a su tutor para ver si podía esperar alguna clemencia por aquel frente, asintió con la cabeza. El Gruñón estaba muy ocupado escarbándose las profundidades de la nariz. Era evidente que de él no obtendría ninguna ayuda.

—El problema —prosiguió lord Farelly— es que necesitamos un sistema de distribución mejor para nuestro carbón. Llevamos años utilizando caballos, pero el inconveniente de los caballos, señorita Sparks, es que sólo pueden tirar de una cierta carga sin cansarse... por muchos latigazos que reciban. Ésa es la razón de que últimamente hayamos estado trabajando en un nuevo y revolucionario método de distribuir nuestro producto. Creo que ya conoce esta innovación de la que hablo. De hecho, ha montado en ella.

Nicola asintió, consciente de que tanto el Gruñón como lord Sebastian, así como su padre, la miraban con atención. El Gallina estaba desplomado sobre la barra con la cabeza entre los brazos. Parecía el único que no estaba interesado en lo que sucedía en la sala. «Muchas gracias, Harold —pensó Nicola—. Muchísimas gracias, gallina, mequetrefe...»

—El ferrocarril —dijo Nicola con cautela, porque lord Farelly parecía estar esperando algún tipo de respuesta.

—Exacto —asintió el conde, tan contento como un maestro con una alumna privilegiada—. El ferrocarril. Yo la llevé a montar en la *Voladora* porque pensé que podría encender en usted, como hizo en mí, la chispa del entusiasmo, una pasión, podríamos decir, por las locomotoras. Porque estoy convencido, señorita Sparks, de que las locomotoras son el futuro. Pero eso ya me lo ha oído decir antes.

—Sí —contestó Nicola, intuyendo que de nuevo lord Farelly esperaba una respuesta.

—Lo que yo esperaba era plantar en su mente una semilla, señorita Sparks. La semilla de lo que yo llamo el progreso. Porque el progreso, señorita Sparks, es el objetivo de la industria. Sin el progreso nos pudriríamos, ¿no es cierto? Desde luego que lo es. Y el progreso en la industria del carbón es la locomoción. Con el uso de las locomotoras podremos llevar a nuestros clientes más carbón que con el antiguo método de los carros y los caballos. ¿Entiende adónde quiero ir a parar, señorita Sparks?

Nicola asintió, preguntándose si el cochero seguiría esperando al otro lado de la puerta. ¿Y si de pronto salía corriendo? ¿Intentarían lord Farelly o su hijo detenerla? El Gruñón no la preocupaba, puesto que estaba segura de que corría más que él. Pero ¿de qué serviría si aquel apestoso cochero estaba fuera bloqueándole el paso? Tal vez el edificio tuviera otra salida.

—Pues da la casualidad, señorita Sparks, de que su hogar, la abadía de Beckwell, está justo en medio de la ruta más directa que planeábamos utilizar para el transporte de nuestro carbón. Yo tenía la esperanza de que una vez tan impresionada como yo con el increíble potencial de estas magníficas máquinas de acero, reconocería que son necesarios ciertos sacrificios en nombre del progreso. Stockton and Darlington le ofreció una cantidad que considero más que generosa por su casa. Si no lo he entendido mal, ya no queda ningún miembro de la familia viviendo en la abadía. Aun así, puedo comprender que una joven que ha perdido a sus padres tenga un apego especial incluso al más humilde de los hogares y que, por tanto, quiera aferrarse a él como al último vestigio familiar.

»Pero precisamente por eso le ofrecí un lugar en mi propia familia, señorita Sparks, para reemplazar todo lo que perdería.

Lord Farelly señaló a su hijo, que estaba de pie de espaldas a la barra, con los codos apoyados en ella y mirando a Nicola con aquellos ojos que ella antes consideraba del mismo color del cielo en verano y ahora le parecían duros como el hielo.

—Mi hijo estaba más que dispuesto a casarse con usted y convertirla, en esencia, en mi hija. Hubiese tenido por fin padres y una hermana que la quisieran. Lo que es más, hubiese tenido un esposo apuesto y adinerado. Hubiese sido vizcondesa, con todas las joyas y los vestidos que el título sugiere. Le hubiese ofrecido de mil amores, señorita Sparks, todo lo que se puede comprar con dinero. Y todo a cambio de una casa que no utiliza y que no vale ni la mitad de lo que le hubiésemos pagado por ella. —Lord Farelly, que hasta entonces hablaba con una voz muy agradable, habló ahora con aspereza—. ¿Y qué hace usted? —preguntó entornando los ojos—. ¿Cómo responde a nuestra generosidad? ¡Rompe su compromiso con mi hijo sin dar explicaciones y se marcha de nuestra casa sin dar las gracias siquiera! —exclamó, acusándola con el dedo—. Con una actitud más que egoísta se niega a ver a ningún miembro de mi familia. Y lo que es peor, sigue tercamente aferrada a la idea de no vender la abadía.

El conde dejó caer la mano.

—Y eso, señorita Sparks, es un error gravísimo —declaró bajando la voz pero en un tono igualmente amenazador—. Porque el hecho es que ninguno de nosotros puede permitirse el lujo de interponerse en el camino del progreso. Eso es una traición. Y no implica traicionar la amistad o la confianza de alguien, sino traicionar nuestro país, traicionar Inglaterra. Porque si cualquiera de nosotros se interpusiera en el camino del progreso, lo que estaría haciendo en realidad sería frenar Inglaterra, impedir que se convierta en lo que podría ser. Y usted, como leal ciudadana, no querría hacer una cosa así, ¿no es cierto, señorita Sparks?

Nicola, después de pensárselo un momento, negó con la cabeza. En aquellas circunstancias consideró que sería muy poco sensato no hacerlo. Y fue un alivio ver que su suposición era correcta.

Lord Farelly pareció muy contento al ver su gesto. Incluso sonrió, lo que le recordó las muchas conversaciones alegres que había mantenido con él cuando estaba en casa de los Bartholomew.

Claro que se decía que los cocodrilos también sonreían... justo antes de atacar a su presa.

—Así me gusta —concluyó lord Farelly con una ancha sonrisa—. ¿Lo ves, Norbert? Ya te había dicho que sería razonable. Lo que pasa es que no le habías expuesto el asunto tan bien como yo. Ahora, señorita Sparks, tal vez podamos reparar este pequeño malentendido, separarnos aquí y olvidarnos de todo este desagradable asunto como si no hubiera pasado nada. —El conde se sacó del bolsillo un fajo de papeles—. Sólo necesito que me firme unos cuantos documentos y...

Nicola estaba dispuesta a seguirle la corriente, pero sólo hasta cierto punto.

—No —dijo con un hilillo de voz apenas audible.

Lord Farelly, con los papeles todavía en la mano, alzó la vista un instante.

—¿Cómo dice?

—He dicho... —Pero Nicola tenía la garganta seca. Deseó no haber declinado la oferta de un vaso de cerveza. Sin embargo, tragó saliva y repitió en un susurro—: No, no voy a vender. Y usted no puede obligarme —añadió, sabiendo que no haría más que aumentar sus problemas, pero incapaz de dominarse.

Lord Farelly se la quedó mirando exactamente como si fuera una piedra o algún otro objeto inanimado que de pronto se hubiera puesto a hablar.

El Gruñón, al otro lado de la habitación, alzó la cabeza al cielo con un gemido suplicante. Hasta lord Sebastian aspiró aire como si se hubiera quedado sin aliento y movió la cabeza, mientras que el Gallina, en el otro extremo de la barra, gimoteaba y hundía la cara todavía más entre los brazos.

Lord Farelly parpadeó.

—¿Qué... ha... dicho? —preguntó muy despacio.

Nicola, aunque estaba muerta de terror, sentía más rabia que miedo.

Tanta rabia que exclamó:

—¡Ya me ha oído! He dicho que no. Jamás venderé Beckwell. Y además le aseguro que si cambiara de opinión, usted sería la última persona sobre la tierra a quien yo vendería la abadía, lord Farelly. ¡Atreverse a sugerir que soy poco patriota por no vender! ¿Sabe lo que no es nada patriótico? Amenazar a una huérfana joven e indefensa. ¡Eso sí que no es patriótico! ¡Los hombres como usted deberían estar entre rejas!

La reacción de lord Farelly fue rápida y terrible. Se levantó de un brinco, tirando la silla, y dio un paso hacia Nicola con el brazo alzado...

El Gruñón gimió y se tapó los ojos. El Gallina no había llegado a levantar la cabeza, de manera que no sabía lo que pasaba. Pero lord Sebastian, todavía apoyado contra la barra, sonrió.

—Ahora sí que la has hecho buena, Nicky —comentó.

Nicola no se movió. Dirigió la mirada hacia el rostro de lord Farelly, que estaba congestionado de rabia, y le desafió:

—Adelante, pégueme. Es exactamente el comportamiento que esperaría de un cobarde como usted.

En honor a la verdad, Nicola no se sentía ni mucho menos tan valiente como fingía.

Tenía el corazón en la garganta y estaba segura de que si

le permitían volver a ponerse en pie las rodillas no la aguantarían.

Sin embargo mantuvo firme el mentón y las cejas fruncidas en lo que ella consideraba que era la reacción apropiada ante un matón. Porque aquello era precisamente lord Farelly: un malvado matón.

Algo en la actitud de Nicola debió de llegar a la diminuta parte del cerebro de lord Farelly que todavía era capaz de mantener un comportamiento civilizado, porque despacio, demasiado despacio para la tranquilidad de Nicola, el hombre bajó el brazo..., aunque sin apartar ni un instante su mirada iracunda del rostro de la joven.

—Conque tendría que estar entre rejas, ¿eh? —dijo, rompiendo el pesado silencio que se había producido en la sala.

Nicola alzó todavía más el mentón. Ésa era la actitud que imaginaba que habría adoptado lady Jane Grey cuando se encaminaba a su ejecución..., justo antes de tener el detalle de quitarse el cuello de encaje para que el verdugo no fallara el golpe. Nicola, sin embargo, no tenía intención de ser tan complaciente.

—Eso es precisamente lo que espero que suceda —replicó.

Pero apenas había terminado de pronunciar la frase cuando lord Farelly, lanzando un grito estentóreo, se agachó y la levantó a la fuerza de la silla.

—Pues vamos a ver qué tal le sienta —bramó, mientras la arrastraba del brazo hacia la escalera del otro extremo de la sala—. ¡Vamos! ¡Arriba! Si cree que el encierro es tan efectivo, vamos a ver si da resultado. Tal vez si pasa un tiempo meditando llegue a comprender lo erróneo de su conducta, señorita Sparks.

Y de un fuerte empujón lord Farelly la obligó a subir las escaleras hasta una habitación diminuta del segundo piso. La arrojó sin contemplaciones dentro y cerró la puerta. Lo último que Nicola oyó fue el chirrido de la llave en la cerradura.

Se había quedado sola.

diecisiete

—«Oh, el joven Lochinvar ha venido del oeste, el suyo fue el mejor acero a lo ancho de la frontera.»

Nicola, tumbada en su estrecho e incómodo camastro, miraba las vigas inclinadas sobre su cabeza. Era difícil verlas en aquella penumbra. Para empezar la habitación sólo tenía una ventana muy pequeña y además la habían tapado toscamente con tablones.

A pesar de todo intentaba distinguir las siluetas de las vigas contra el oscuro techo de madera.

—«Fiel en el amor e intrépido en la guerra, jamás existió un caballero como el joven Lochinvar.»

La voz de Nicola, en la quietud de la habitación, sonaba curiosamente apagada. Tal vez era porque había estado llorando un buen rato y se había quedado ronca de llorar y de gritar. Tenía los puños doloridos de haber golpeado la puerta y las puntas de los zapatos rozadas de dar patadas contra la madera. Comenzaba a darse cuenta de que estaba atrapada de verdad.

A pesar de todo, aunque pudieran encerrar su cuerpo jamás podrían enclaustrar su mente, decidió. De manera que pensaba mantenerla flexible exigiéndole toda la poesía que conocía.

—«Porque un hombre rezagado en el amor y ruin en la guerra iba a casarse con la bella Elena del valiente Lochinvar.»

Así era justamente como se sentía. Nicola era la bella Elena, encerrada en aquella odiosa torre en contra de su voluntad.

Pero ¿dónde estaba su Lochinvar?

En ningún sitio. Porque Nicola no tenía Lochinvar. En primer lugar, era posible que todavía nadie se hubiera dado cuenta de su ausencia. Y en segundo lugar, ¿qué pasaría si alguien la hubiera notado? No sabrían por dónde empezar a buscar. No, Nicola se había encargado de ello con su propia necedad. ¡Mira que creerse aquella estúpida nota! Debería haber sabido que un caballero como sir Hugh jamás le hubiese comprado un chal a su prometida. Y mucho menos si el regalo podía molestar a su futura suegra.

No. Nicola era una tonta, y de primer orden. Y mira lo que había conseguido: acabar encerrada en una celda sin posibilidad alguna de que la rescataran, ni Lochinvar ni nadie.

Se pudriría allí, estaba segura. Se pudriría hasta quedar convertida en un humeante montón de huesos.

Y en ese momento, sin previo aviso, la llave chirrió de nuevo en la cerradura. Nicola alzó la cabeza del camastro, pero cuando se abrió la puerta quedó cegada por un súbito estallido de luz. Alzó la mano para protegerse los ojos, pero no tardó en descubrir que era sencillamente el resplandor de una vela. Aquella celda era tan oscura que sus ojos tardaron en acostumbrarse a la luz.

—Bueno, Nicola —dijo una voz. No era su salvador, sino uno de sus verdugos. Su tutor, para ser exactos—. Parece que te encuentras en un verdadero dilema, ¿eh?

Nicola, que no estaba de humor para hablar con el Gruñón, se dio la vuelta en el camastro y se quedó mirando la pared.

—Vaya, no quieres hablar conmigo, ¿eh? —El Gruñón no parecía molesto por ello en absoluto—. Bueno, supongo que es comprensible. En fin, seguro que a estas alturas has tenido tiempo de darte cuenta de que el vizconde y yo... Bueno, que vamos en serio, Nicola. Lo cierto es que no nos resulta en absoluto inconveniente tenerte aquí encerrada para siempre. Deberías considerar la posibilidad de ser una buena chica y darnos lo que queremos. Te ahorrarías muchos sufrimientos.

Nicola apretó los dientes y contestó, de cara a la pared:

—No voy a vender.

—Ah. —El Gruñón parecía un poco triste—. Ya me lo temía. Le dije a Farelly que no has estado encerrada el tiempo suficiente. Él no está acostumbrado, como yo, a tu terquedad. Por lo visto, pensaba que bastaría con tenerte aquí unas cuantas horas. Es que verás, está acostumbrado a tratar con su propia hija, que es un modelo de feminidad, no como tú, Nicola. Empiezo a pensar que lo tuyo es francamente antinatural. Le dije que haría falta mucho más que una mera celda para que entrara en razón una persona tan obstinada como tú. Y mucho me temo que tendremos que recurrir al segundo plan de lord Farelly.

Nicola, al oír esto, se dio la vuelta y se incorporó tan deprisa que casi se golpeó la cabeza contra las mismas vigas que miraba momentos antes, puesto que el techo inclinado quedaba muy cerca de la cama.

—¡Lo sabía! —gritó con ojos llameantes—. Sabía que

pretendía matarme, cerdo asesino. Pues bien, adelante. Y hágalo deprisa para que mi alma pueda comenzar pronto a acecharle para llevarle directamente a la tumba a través de la locura.

El Gruñón pareció muy desconcertado. Se quedó allí mirándola con la vela en una mano y el pañuelo en la otra, con la puerta abierta de par en par a sus espaldas. A pesar de todo Nicola sospechaba que, aunque saliera corriendo y lograra escapar del cuarto, se encontraría abajo al cochero, que la obligaría a subir de nuevo a su prisión.

—¿Matarte? —Lord Renshaw movió la cabeza disgustado—. Cielo santo. Siempre has tenido una imaginación desbordante. Nadie pretende matarte, Nicola. A menos, por supuesto, que fuera en defensa propia, porque te juro que contigo a veces temo por mi propia vida, de lo brusca que llegas a ser. No, ése no es el plan al que me refería..., aunque no puedo por menos que admitir que todas nuestras vidas serían muchísimo más sencillas si tú no participaras de ellas.

—Entonces ¿qué tiene planeado? ¿Torturarme? ¿Piensa meterme agujas al rojo vivo bajo las uñas hasta que acceda a vender?

El Gruñón se limitó a parpadear de nuevo, perplejo.

—¿O pretende matarme de hambre? —prosiguió ella con vehemencia—. ¿Piensa arrebatarme mi voluntad negándome la comida y la bebida? Pues siento decepcionarle, pero no dará resultado. Jamás renunciaré a la abadía. ¡Jamás!

—Es evidente que lees demasiado, querida —dijo el Gruñón arrugando la frente—. Aquí nadie va a clavar agujas en ningún sitio. Cielo santo, qué imaginación más repugnante llegas a tener. En cuanto a lo de morir de hambre, es decisión tuya, por descontado. Pero puesto que me he tomado la molestia de traerte la comida, me sentiría insultado si no quisieras por lo menos probarla. No es gran cosa, ya lo sé, pero... Por lo menos será comestible.

El Gruñón se acercó a la puerta a recoger la bandeja que le ofrecía el cochero que andaba acechando en el oscuro umbral (si es que en realidad era cochero, cosa que Nicola comenzaba a dudar. Lo más probable era que fuese un matón a sueldo de lord Farelly).

El Gruñón dejó la bandeja en un rincón de la buhardilla, sobre una mesa destartalada. La comida consistía en un trozo de pan con queso y una jarra llena de lo que Nicola supuso que sería cerveza.

—Bueno —concluyó lord Renshaw con cierta satisfacción—. Pues de momento con eso bastará. Y ahora, como ya he mencionado, voy a informar a lord Farelly de que sigues... eh... comprometida con tu causa. Supongo que, dadas las circunstancias, el conde tendrá ciertos asuntos que atender.

El Gruñón dejó la vela para que Nicola dispusiera de alguna luz para comer y se marchó con el cochero.

Una vez a solas de nuevo, Nicola repasó sus opciones. No eran muchas. Al parecer podía comer. O podía tirar la comida a la cabeza de la siguiente persona que apareciera por la puerta.

A Nicola le parecía mejor la primera opción, puesto que tenía hambre y sed. ¿Y quién sabía cuánto tiempo pasaría antes de que volvieran a abrir la puerta?

De manera que cortó un trozo de pan y, después de comprobar que no estaba rancio del todo, le puso encima un poco de queso y se lo comió. Tal como el Gruñón había dicho, no era gran cosa, pero sí bastante pasable. Nicola regó la frugal comida con unos tragos de cerveza, que sorprendentemente no estaba demasiado mala.

Luego, con el estómago lleno, volvió a tumbarse en el camastro y se puso a mirar las sombras que la oscilante luz de la vela arrojaba contra el techo.

—«Más madera —les dijo a las vigas de roble—. El viento es frío, pero dejad que silbe a voluntad. —Su voz, ahora que había sido socorrida por algo de líquido, era más fuerte y recitaba con bastante energía—: Y os atreveréis entonces a desafiar al león en su guarida.»

De pronto volvió a girar la llave en la cerradura. Esta vez no fue el Gruñón sino su hijo quien entró en la celda.

Nicola se incorporó de inmediato.

—Harold, ¿has venido a rescatarme? —susurró.

Harold se llevó un dedo a los labios.

—No, no. Vengo a ver cómo estás.

Nicola, decepcionada, se tumbó.

—Pues si no has venido a rescatarme —declaró sombría—, no tengo nada que decirte.

—Nicola. —El Gallina agarró una silla coja de un rincón y la colocó junto a la cama antes de sentarse—. Por favor, no seas así. Sabes que si pudiera te ayudaría ahora mismo.

—¿Ah, sí? Pues yo no lo creo. Creo que tú, Harold, eres incapaz de pensar en nadie que no seas tú mismo.

El Gallina pareció casi tan ofendido como la vez que Nicola le había metido una culebra en los pantalones.

—Eso no es verdad —replicó—. Si lo fuera, ¿tú crees que estaría aquí? De ninguna manera. Pero debes saber que es imposible escapar. Ese espantoso Grant está abajo vigilando la puerta.

—¿Grant? —preguntó Nicola. Luego volvió a dejarse

caer sobre el duro camastro—. Ah, supongo que te refieres al cochero.

—Sí. Es una bestia, Nicola. Aunque yo consiguiera sacarte de aquí, sólo hay una salida, y ese animal la está bloqueando.

—Y supongo que no se te habrá ocurrido ir a buscar ayuda.

El Gallina la miró horrorizado.

—¿Ayuda? ¡Ay, Nicola! Entonces todo el mundo averiguaría...

—¿El qué, averiguaría?

—Bueno..., que mi padre es un monstruo —contestó Harold avergonzado.

—¿Y eso qué más da? —replicó ella—. ¿Tú no te ibas a América?

—Sí. Pero una cosa así... Bueno, eso me perseguiría siempre, incluso a través del océano. No, no puedo arriesgarme a provocar tanta habladuría, Nicola. Lo entiendes, ¿verdad?

Nicola lanzó una amarga carcajada.

—Sí, desde luego que sí, Harold. Comprendo que un prometedor diseñador de moda masculina no puede arriesgarse a que corran las habladurías porque su padre es un asesino de jovencitas inocentes...

—¡Pero si no pretende matarte, Nicola! —exclamó Harold—. No piensan hacerte ningún daño. Sólo quieren obligarte a casarte con lord Sebastian...

—¿Qué? —gritó ella, incorporándose con tal brusquedad que de nuevo estuvo a punto de darse un golpe en la cabeza contra las vigas.

—Es verdad —insistió Harold, un poco sorprendido—. Resulta que lord Farelly pidió un permiso especial hace algún tiempo. Ahora ha ido por un cura. Pretenden obligarte a casarte con el vizconde esta misma noche, para que él pueda vender la abadía puesto que tú te niegas.

—¡No pueden hacer eso! —Nicola se levantó de la cama.

—Mucho me temo que sí —contestó Harold, como pidiendo disculpas—. Aunque todavía no seas mayor de edad, mi padre es tu tutor, de manera que lo único que tiene que hacer es dar su permiso. Y puesto que, una vez casados, lo tuyo es también de él, lord Sebastian tendrá todo el derecho a vender la abadía, digas tú lo que digas.

—Eso es... es... ¡es ridículo! —chilló Nicola, dándole tal patada a la destartalada mesa donde reposaban los restos de la comida que la cerveza se derramó de la jarra—. No pienso tolerarlo, ¿me oyes, Harold? Y no pienso decir «sí, quiero», de eso puedes estar seguro.

Harold parecía preocupado, con las oscuras cejas encogidas en su rostro insípido de luna llena.

—No creo que a este párroco en particular le importe —informó—. Es muy amigo de mi padre. Fueron juntos al colegio.

Nicola lanzó un grito estrangulado y, para alarma del Gallina, le agarró por el cuello del abrigo.

—Muy bien, pues escúchame, Harold —susurró Nicola con los dientes apretados y la cara a muy pocos centímetros de la del Gallina—. Y escúchame con atención. Vas a ir abajo ahora mismo y te vas a inventar alguna excusa, la que quieras, y luego te vas a marchar. Y a continuación vas a ir a Mayfair para contarle a lord Sheridan con todo detalle lo que está pasando aquí. ¿Me has entendido?

El Gallina, que estaba haciendo un mohín, entreabrió los labios.

—Pe-pero, Nicola...

—No, Harold —susurró ella con voz ronca—. Esta vez no. Esta vez no vas a conseguir salir huyendo. Por primera vez en tu vida vas a demostrar que eres un hombre. Vas a hacer lo correcto. Porque si no, Harold, si sobrevivo, pienso acudir a la prensa y les diré que eres tú el que anda detrás de todo este complot, ¿me oyes? A ver si a tus futuros clientes de América les gusta oír eso.

Al Gallina comenzó a temblarle el mentón. Parecía estar al borde de las lágrimas. De hecho, Nicola vio que sus ojillos porcinos comenzaban ya a humedecerse.

—Está... Está bien, Nicola —balbuceó por fin—. Está... bien. Pero no... no vayas a la prensa. Por favor. Te lo suplico.

Nicola le soltó el cuello y retrocedió un paso.

—No iré a la prensa si haces lo que tienes que hacer.

—Lo haré. —Harold se levantó tembloroso—. Te juro que lo haré, Nicky.

Y todavía intentando contener las lágrimas, el Gallina salió a trompicones y cerró la puerta con suavidad para, casi con timidez, girar la llave en la cerradura.

Nicola se quedó mirando la pesada puerta con el corazón martilleándole en el pecho a un ritmo rápido e irregular. Porque, por primera vez, estaba asustada. No por ella misma. Por ella misma llevaba asustada todo el día.

Pero ahora temía no sólo por su propia vida, sino por las de sus seres queridos. Porque parecía que al final lord Farelly había encontrado la manera de salirse con la suya y aquello significaba el fin para Nana y Puddy y para los granjeros arrendatarios y toda la gente que dependía de la abadía de Beckwell para ganarse la vida.

A menos... a menos que Harold tuviera el valor de ser

un hombre. Era una posibilidad muy remota, pero al fin y al cabo seguía siendo una posibilidad.

En cualquier caso, Nicola estaba preparada para la batalla.

—«A la carga, Chester, a la carga —susurró con fiereza a la puerta cerrada—. ¡Adelante, Stanley, adelante! Fueron las últimas palabras de Marmion.»

dieciocho

—Ah, la tímida novia —dijo lord Sebastian cuando abrió la puerta de la celda de Nicola y se la encontró sentada sumisamente en el camastro. Se apoyó en la jamba, con los brazos cruzados y se la quedó mirando con no poco interés.

—Da mala suerte que el novio vea a la novia antes de la ceremonia —le informó ella.

—Mala suerte. —Lord Sebastian soltó una imperceptible risita y entró en la habitación. Dada su estatura, tuvo que agacharse un poco para evitar darse un golpe en la cabeza—. Eso parece. Mala suerte para los dos. Ya te puedes imaginar que no es precisamente un sueño para mí casarme con una joven que afirma con rotundidad despreciar el suelo que piso.

—Pues tampoco es precisamente un sueño para mí casarme con un hombre que parece pensar que todo el mundo debería besar el suelo que pisa —señaló Nicola.

—*Touché* —comentó el vizconde con una irónica sonrisa. Nicola no pudo evitar pensar que realmente era muy guapo. Lástima que se lo tuviera tan creído.

—¿Qué quiere, milord? —preguntó desde la cama—. ¿Ha vuelto su padre con el cura?

—Todavía no —contestó lord Sebastian en tono amistoso, mientras partía un trozo de pan de la hogaza que había en la mesa—. Sólo quería dejar unas cuantas cosas claras antes de las nupcias.

—Vaya —repuso Nicola sin ningún entusiasmo—. Qué considerado.

—Probablemente no pensarás lo mismo cuando oigas lo que tengo que decir. —Lord Sebastian se comió el trozo de pan y procedió a chuparse los dedos—. En primer lugar, esto me hace tan poca gracia como a ti, Nicola, de manera que puedes olvidar cualquier temor que albergaras: no tengo la más mínima intención de que lleguemos a vivir como marido y mujer.

—¿Ah, no?

—No. Pienso mantener mis habitaciones en el club. Tú puedes residir con mi madre y Honoria, que sin duda disfrutarán de tu compañía mucho más que yo. ¡Tu cháchara incesante sobre poesía! —exclamó poniendo en blanco sus expresivos ojos azules—. Juro que a veces creí que me volvería loco si seguía escuchándote.

—Qué revelador. Prosiga, se lo ruego.

—En segundo lugar, me tratarás con el respeto y la cortesía propios de una esposa. Como tu marido, espero que mi palabra sea la ley. Te comportarás según mis instrucciones si no quieres encontrarte de vuelta en esta celda antes de que puedas siquiera pestañear.

—Ya veo.

—En tercer lugar —prosiguió lord Sebastian, contando con los dedos de la mano—, procurarás tener siempre un aspecto cuidado y atractivo. No permitiré que intentes desairarme llevando los dientes sucios o yendo despeinada. Serás vizcondesa y te comportarás como requiere el título.

—Por supuesto.

—En cuarto lugar, no derrocharás el dinero. Se te asignará una pensión, por descontado, pero deberás atenerte a un cierto presupuesto. ¿Lo vas entendiendo?

Nicola asintió con actitud reverente.

—Sí, milord.

Satisfecho de aquel aparente cambio de actitud, lord Sebastian prosiguió:

—En quinto lugar, en cuanto al tema de darme un heredero, deberás tener un hijo antes de un año.

—¿Y no será eso difícil si vivimos separados? —preguntó Nicola con dulzura.

Lord Sebastian arrugó la frente. Era evidente que no lo había pensado.

—Tendremos que mantener contacto íntimo de vez en cuando —admitió—. Tal vez me quede en casa los sábados y las tardes de domingo.

—Parece un plan muy sensato.

Lord Sebastian sonrió, encantado de verla tan complaciente, y tendió la mano hacia el queso.

—Puedo pronosticar —dijo masticando— que mientras recuerdes los puntos que acabo de enumerar y mantengas tu cháchara a un nivel mínimo, nos llevaremos de miedo, Nicola, porque a pesar de todos tus defectos de carácter eres un regalo para la vista. Lo cierto es que jamás consideré una carga casarme contigo. De hecho, hasta me hacía ilusión. A cualquier hombre le agrada tener una cierta estabilidad en la vida, y siempre se considera una gran ayuda contar con una esposa agraciada que aguarde en casa al final de una larga jornada en las carreras o en la mesa de juego. Si logras dominar esa lengua tuya, Nicola, yo diría que tenemos muchas probabilidades de encontrar la felicidad en el matrimonio. ¿No te parece?

—Si usted lo dice, milord —contestó Nicola sumisa.

—Bueno. —Lord Sebastian se la quedó mirando con cierta sorpresa—. Sí que lo digo, sí. Tengo que admitir, Nicola, que estás siendo de lo más solícita. Habría hecho que mi padre te encerrase hace mucho tiempo de haber sabido que iba a obrar este efecto. Vaya, de verdad, me parece que tenemos muchas posibilidades de disfrutar de un matrimonio muy decente, ¿no crees?

Nicola sonrió.

—Tantas posibilidades como cualquiera, estoy segura, milord.

—Bueno —suspiró lord Sebastian con aspecto de honda satisfacción—. Me alegro muchísimo de que hayamos mantenido esta pequeña charla. —Luego, echando un vistazo a la mesa, añadió—: Creía que te habían subido una jarra de cerveza. ¿Qué ha pasado con ella?

—Ah, ¿le apetece un poquito de cerveza, milord? —preguntó Nicola desde la cama.

—Desde luego. El queso me ha dado sed.

Nicola se levantó.

—En ese caso, milord, deje que le sirva como corresponde a una buena esposa.

Y con estas palabras, Nicola echó el brazo atrás y descargó con todas sus fuerzas la jarra que tenía en la mano sobre la cabeza rubia de lord Sebastian.

La jarra de barro se quebró y hubo cerveza y trozos de cerámica por todas partes. A Nicola no le importó. De hecho apenas se dio cuenta, puesto que sólo tenía ojos para lord Sebastian. El vizconde no parecía saber qué había pasado. Se quedó un momento de pie, con expresión aturdida. La cerveza le goteaba de los rizos sobre las finas costuras de su chaleco plateado.

—¡Escuche! —dijo Nicola—. ¿No oye campanas de boda, milord?

Lord Sebastian asintió confuso. Luego puso los ojos en blanco y se desplomó en el suelo. Nicola se apartó para no servir involuntariamente de cojín a su caída, algo que no deseaba de ninguna manera.

Cuando lord Sebastian quedó inconsciente en el suelo, Nicola volvió a lo que estaba haciendo antes de que el vizconde la interrumpiera tan groseramente.

Y lo que estaba haciendo era arrancar a patadas los tablones que habían clavado en el ventanuco del cuarto.

—¿Lord Sebastian? —gritó el Gruñón desde abajo—. Lord Sebastian, ¿va todo bien ahí arriba? —Sin duda había oído el golpe de la cabeza del vizconde contra el suelo—. Lord Sebastian, ha llegado su padre con el sacerdote. ¿Tendría la amabilidad de bajar a la joven para poder comenzar la ceremonia?

Nicola, con renovado fervor, lanzó una última patada a los tablones que bloqueaban su camino a la libertad. La madera, que era vieja y estaba muy ajada, se hizo añicos.

—Un momento —gritó, por si acaso subía alguien a buscarla—. Es que quiero... ¡peinarme!

Una corriente de fresco aire marino le dio en la cara. Nicola asomó la cabeza y los hombros por la ventana... y se encontró sobre un tejado, a unos seis metros de altura. Alrededor había otros tejados de madera y chimeneas que se alzaban hacia el cielo nocturno. Más abajo se veía la calle, estrecha y desierta a esas horas. A una manzana de distancia estaban los muelles, con los grandes veleros altos y orgullosos en sus amarres, sus mástiles alzándose muy por encima de los tejados como álamos en el cielo estrellado.

Y por primera vez en todo el día, Nicola comenzó a vislumbrar alguna esperanza para su futuro.

—¡Pero bueno! —Nicola oyó gritar al Gruñón a sus espaldas. ¡Muy cerca de ella! ¡Estaba en la celda!—. ¿Adónde te crees que vas? ¿Y qué...? ¡Dios mío! ¿Qué le has hecho al vizconde?

Ya no quedaba tiempo para admirar la vista. Tenía que moverse, y deprisa. Le costó hacer pasar las caderas, pero por fin consiguió salir casi del todo por la ventana.

Casi del todo, porque cuando las rodillas rozaban las toscas tejas de madera, le agarraron un tobillo por detrás con gran firmeza. Para ser un hombre tan flaco, lord Renshaw tenía una fuerza sorprendente.

—¡Ven aquí! —gritó el Gruñón, tirándole del pie con ganas—. ¡Ven aquí!

Pero Nicola ya había saboreado la libertad y no pensaba permitir que se la arrebataran. Retorciéndose como un gato y con varias patadas certeras logró soltar el pie de las manos de su tutor, aunque perdió un zapato.

—¡Tú! —gritó el Gruñón, blandiendo el zapato por la ventana mientras ella se alejaba cojeando por los tejados (cosa nada fácil, puesto que la mayoría de las tejas de madera estaban podridas y tenían tendencia a resbalar bajo su pie, deslizarse tejado abajo y caer con estrépito a la calle—. ¡Ven aquí ahora mismo, mocosa desagradecida!

Pero Nicola, después de recorrer aquel terreno traicionero y estar a punto varias veces de perder el equilibrio debido a las tejas sueltas, había llegado por fin a una chimenea de ladrillo, a varios metros de distancia. Se aferró a ella con los brazos y se volvió jadeando para mirar a lord Renshaw bajo aquel resplandor púrpura.

—No pienso volver —declaró sin aliento—. Y no me puede obligar.

—¿Ah, no? —Lord Renshaw movió la cabeza—. No puedes quedarte ahí toda la vida, ¿sabes, Nicola? En algún momento empezará a llover... o te caerás. Te vas a matar, estúpida.

—Me da igual —replicó Nicola—. Si con eso me libro de casarme con el vizconde...

—¡Casarte! —gritó el Gruñón—. ¡Pero bueno! Suerte tendrás si no le has matado. El asesinato se castiga con la horca, ¿sabes?

Nicola pensó que si al final la ahorcaban por la muerte del vizconde, lord Renshaw conseguiría la abadía de Beckwell, después de todo. Pero sabía que lord Sebastian no estaba muerto. Respiraba perfectamente la última vez que lo había visto. Además, sólo le había golpeado con una jarra de barro. Se despertaría con una buena migraña, eso sí, pero con el cráneo intacto. Dudaba de que ni siquiera le hubiera hecho herida alguna en su hermosa y viril cabeza.

—¡Te digo que vengas aquí ahora mismo, Nicola Sparks! —gritó el Gruñón, aunque tenía que interrumpirse a cada momento para toser en el pañuelo, puesto que por lo visto su delicada garganta tenía mucho que objetar al aire vespertino—. Ven aquí de inmediato, antes de que te resbales y te abras la cabeza.

—No. —Nicola se sentó sobre las resbaladizas tejas (operación todavía más peligrosa sin un zapato) y se negó a moverse, intentando disimular lo mucho que temblaba, y no precisamente de frío, puesto que la temperatura era muy suave. De hecho, no estaba segura de poderse mover incluso de haber querido. Era aterrador estar a aquella altura sin nada parecido al terreno firme. Estaba muchísimo mejor, decidió, allí quieta, sin moverse.

A la voz de lord Renshaw no tardó en sumarse otra. Lord Farelly había subido al primer piso y la miraba furioso por la ventana.

—¡Haré que te pongan los grilletes por esto! —gritó. Era demasiado corpulento para seguirla por el ventanuco, aunque, a juzgar por su rostro congestionado de rabia, era lo que más le apetecía—. Como hayas matado a mi hijo, arpía...

—No está muerto —replicó Nicola disgustada.

—Voy a enviar a Grant por ti —bramó el conde—. ¡Ya lo verás!

Pero Nicola sabía que el cochero tampoco cabría por la ventana. El único que habría sido capaz de pasar por la estrecha abertura era el Gruñón. Oía a los hombres discutir en el cuartito. El conde intentaba convencer a su tutor de que se arriesgara.

—¡De ninguna manera! —oyó gritar a lord Renshaw—. ¡Ya ha visto lo que le ha hecho a su hijo! ¿Cree que vacilaría en tirarme del tejado de un empujón a la primera oportunidad?

En ese momento Nicola oyó el ruido de cascos de caballo en los adoquines de las estrechas calles. Alguien se acercaba.

Y no era una persona, sino varias.

Nicola estiró el cuello intentando mirar desde detrás de la chimenea en la que estaba apoyada. La calle estaba oscura (el sol se había ocultado tras las casas del lado occidental), pero Nicola calculó que serían por lo menos media docena de hombres. Podían ser personas con asuntos en los muelles. O a lo mejor eran los refuerzos que había logrado el Gallina...

Pero no. ¿Qué posibilidades había de esto último? Seguramente el Gallina ni siquiera había llegado a Mayfair. Eso si había logrado escapar del edificio. Nicola imaginaba que tal era el caso, puesto que no había distinguido su voz entre la cacofonía que se oía proveniente de la buhardilla, pero seguramente habría huido hacia el barco que iba a llevarle a América. ¿Por qué iba él a arriesgarse por una joven que tan groseramente había rehusado casarse con él?

Nicola por fin alcanzó a ver a los hombres que había en la calle. Tenía razón: eran seis. ¡Y cuatro de ellos llevaban la chaqueta de la policía!

—¡Socorro! —gritó Nicola, intentando levantarse del traicionero tejado inclinado, sin soltarse ni un instante de la chimenea—. ¡Aquí arriba!

Los jinetes (no se les veía la cara) tiraron de las riendas de los caballos. Pero al mismo tiempo Nicola oyó un ruido a sus espaldas. Se dio la vuelta y vio horrorizada que el cochero, Grant, había encontrado al parecer alguna otra ventana mucho más grande al otro lado de la casa.

Y ahora avanzaba torpemente hacia ella con una expresión decidida, ignorando por lo visto que abajo, en la calle, había llegado la caballería.

—No se preocupe, milord —le gritó el cochero a lord Farelly—. Ya la tengo. La bajaré de aquí en un periquete. —Luego miró a Nicola y abrió bien los brazos para atraparla si decidía huir—. Venga aquí, jovencita, que no le voy a hacer ningún daño.

Nicola no le creyó, por supuesto. Mantuvo la espalda

contra la chimenea, pero se alejó todo lo posible sin llegar a perder contacto con ella.

—No se acerque —le advirtió, oyendo que las tejas de madera crujían bajo el peso de Grant—. Las maderas están sueltas. Se va a caer.

Pero el cochero seguía avanzando hacia ella. Algunos trozos de teja se soltaban bajo sus pies y se deslizaban por el tejado hasta aterrizar con un chasquido en el patio trasero de la casa.

—Un poco más —masculló el cochero, acercándose. Parecía insensible al peligro en el que los estaba poniendo a los dos—. La mano, señorita, démela.

—No. —Nicola se aferró más a la chimenea.

—¡Que me dé la mano de una puñetera vez! —exclamó el cochero, que ya estaba apenas a un palmo de distancia. Por el tufo de su aliento era evidente que durante las largas horas que Nicola había estado encerrada en la buhardilla él se había dedicado a probar las muchas marcas de cerveza de la taberna. Tenía los ojos enrojecidos y turbios y llevaba barba de dos días—. La ayudaré a bajar.

—¿Ayudarme? —Nicola soltó una amarga carcajada—. Más bien me tirará para que me mate.

Pero al instante se arrepintió de sus palabras, porque de pronto se convirtieron en profecía. El cochero, al coronar el tejado y poner el pie en el lado donde estaba Nicola, abrió mucho los ojos con expresión de alarma. Una gran cantidad de tejas habían cedido bajo sus pies. El hombre comenzó a deslizarse, al principio muy, muy despacio por la pendiente. Intentó frenar su caída tendiendo la mano hacia lo primero que pudo agarrar.

Que resultó ser el vestido de Nicola.

Ella no tenía fuerza suficiente para soportar el peso de

los dos. Notó que los dedos se le resbalaban poco a poco de la chimenea a la que estaba aferrada, hasta que le resultó imposible seguir agarrada a ella. De pronto perdió pie...

El cochero y Nicola se deslizaban como competidores en una carrera, hasta que de pronto el tejado desapareció y Nicola se encontró cayendo al vacío, convencida de que aquello era el final.

diecinueve

Aterrizó con los ojos fuertemente cerrados, puesto que no tenía ningún deseo de contemplar su propia muerte.

Sólo que, después de desplomarse con cierta fuerza contra algo duro (aunque no tan duro como los adoquines de la calle) y parcialmente peludo, curiosamente, Nicola comprobó sorprendida una vez que recuperó el aliento que todavía respiraba. Sin duda si hubiese estado muerta aquello no habría sido posible.

Abrió un ojo con miedo de ver, si no su propia sangre, sí la del cochero. Pero no vio ni su cuerpo destrozado ni el de nadie. Lo que vio fue una oreja.

Una oreja de hombre, medio oculta en pelo castaño oscuro.

Nicola abrió el otro ojo y comprobó con alivio que la cabeza a la que pertenecía la oreja iba pegada a un cuello, y el cuello a un par de anchos hombros envueltos en lana azul. Lo que es más, logró ver que el hombre al que pertenecían tanto los hombros como la oreja iba montado a caballo.

Y que ella, Nicola, por lo visto había caído del tejado a los brazos de aquel hombre de espalda ancha.

Y que aquel mismo hombre le estaba diciendo algo, la llamaba por su nombre, y que, lo que era todavía más curioso, ella le reconocía. Le conocía y se dio cuenta en aquel preciso instante de que le amaba.

—¡Nat! —gritó, echándole los brazos al cuello, intactos gracias a Dios (y al propio Nathaniel)—. ¡Ay, Nat!

—Nicky, ¿estás bien?

Ahora que el miedo no le hacía latir la sangre con tanta furia dentro de la cabeza, Nicola comprobó que le oía perfectamente. Y lo que oyó (el alivio en la voz de Nathaniel) fue muy agradable.

—¡Dios mío! ¿Te han hecho daño?

—No, estoy bien —le aseguró ella, aferrada a su cuello—. Estoy muy bien.

—Estás temblando. —Nathaniel la envolvió en su capa—. ¿Tienes frío?

—No —contestó ella apoyada contra su hombro—. Me estoy riendo.

Y era verdad. Se reía de alivio y de sorpresa. Hacía un instante se había precipitado desde un tejado convencida de que estaba a punto de morir, y en vez de eso había aterrizado en brazos de Nathaniel Sheridan. Era más que un milagro. Era lo más fantástico que hubiese sucedido en la historia de la humanidad, pensó Nicola.

—¿Está bien Nicola, Nat? —preguntó una voz conocida. Nicola alzó la vista. Se trataba del padre de Nathaniel, lord Sheridan, que la miraba desde su caballo con expresión amable y muy preocupada.

—Estoy muy bien, milord —le aseguró Nicola entre lágrimas de regocijo.

Sin embargo, lord Sheridan no parecía compartir su felicidad.

—Llévatela a casa, Nat —instruyó—. Nosotros nos encargaremos de hacer limpieza aquí.

Sólo entonces alzó Nicola la cabeza del hombro de Nathaniel para ver lo que estaba pasando alrededor. Grant, el cochero, había tenido la misma suerte que ella, sólo que su aterrizaje no había sido tan afortunado, puesto que se había caído de culo en un aljibe. Dos policías forcejeaban para reducirlo mientras él daba manotazos como si se estuviera ahogando, mojándolo todo para diversión de la multitud de marineros y otros individuos de aspecto tosco que se había congregado para ver el espectáculo.

Del interior de la taberna (Gilded Rose, parecía llamarse, o por lo menos eso decía el destartalado cartel que colgaba sobre la puerta) salían ruidos de pelea. Otros policías intentaban detener a lord Farelly y al Gruñón.

—¡Suéltenme! —protestaba lord Renshaw—. ¿Cómo se atreven? ¿No saben que soy barón?

Lord Sheridan dio un respingo e hizo una señal con la mano a su hijo.

—Anda, pon a Nicola a salvo —dijo—. Creo que nosotros nos arreglaremos bien aquí. Os veré en casa.

Nathaniel asintió con la cabeza, dio media vuelta y se encaminó hacia Mayfair con Nicola en brazos.

Igual, pensó ella, que el valiente Lochinvar había llevado a su hermosa Elena tras rescatarla de sus captores.

Muchas cosas podrían haber dicho durante el largo trayecto a caballo. Podrían haber intercambiado tiernas palabras y caricias incluso más tiernas. Nicola, con los brazos todavía en torno al cuello de Nathaniel (no lo hubiese soltado por nada del mundo) y acurrucada contra él en la silla, esperaba seguramente que el joven se deshiciera en palabras tiernas. Nicola rebosaba de amor y agradecimiento por todo lo que Nathaniel había hecho por ella. ¿Acaso no le había salvado la vida a riesgo de la suya propia? ¿No era eso un signo de auténtico amor eterno?

Un amor que era más que correspondido. Nicola estaba por fin dispuesta a aceptar lo que llevaba meses (tal vez incluso años) sospechando, pero que hasta entonces no había querido admitir: que amaba a Nathaniel Sheridan, que estaba enamorada de él desde hacía una eternidad y que nunca ningún otro hombre la haría feliz.

¿Por qué si no la enfurecía tanto con sus burlas? ¿Por qué si no le daba tanta rabia que Nathaniel se negara a leer los libros que a ella tanto le gustaban? ¿Y por qué si no, ahora que veía de cerca aquel sempiterno mechón de pelo sobre sus ojos, estaba plenamente convencida de que amaba aquel mechón más que nada en la vida?

No, aquello no tenía remedio. Amaba a Nathaniel Sheridan (al auténtico Nathaniel Sheridan, no a una imagen idealizada de él que Nicola se hubiera creado) más de lo que había amado jamás a nadie.

De manera que Nicola sufrió una auténtica conmoción al ver que las primeras palabras que Nathaniel le dirigía mientras volvían a casa no eran una declaración de amor eterno por ella, sino más bien un reproche.

—Pero ¿en qué estabas pensando? —exclamó irritado—. ¡Mira que salir así de casa sin decir a nadie adónde ibas!

Nicola, apartando la cabeza de su hombro, lo miró atónita. ¿Dónde estaba la propuesta de matrimonio que estaba esperando? ¿Dónde estaban las dulces palabras de afecto, la declaración de amor eterno?

¿Y qué se había creído? ¿Cómo se le ocurría culparla a ella de lo sucedido?

—¡No ha sido culpa mía! —gritó—. ¡Me engañaron!

—Harold Blenkenship nos contó cómo te engañaron —le contó Nathaniel, bastante enfadado en opinión de Nicola—. Sólo una estúpida redomada hubiese caído en esa trampa. ¡Pero a quién se le ocurre! ¡Sir Hugh pidiéndote que te reunieras con él en Grafton House! Sir Hugh no habría hecho una cosa así en la vida.

Nicola, que comenzaba a sentir bastante menos amor y bastante más enfado, aflojó un poco los brazos en torno a su cuello.

—La nota decía que era una sorpresa —se defendió—. Una sorpresa para Eleanor. ¿Cómo iba yo a saber que era todo mentira?

—Porque si tuvieras la sensatez de un mosquito, sabrías que sir Hugh es un caballero y que jamás pediría a una dama soltera que se reuniera con él a solas, ni siquiera a plena luz del día y en un sitio público —replicó Nathaniel—. Nicola, es un milagro que hayas sobrevivido. Te podían haber matado sin dificultades, ¿sabes?

Nicola notó que se esfumaba la risa alegre que burbujeaba en su interior. Ahora sólo sentía tristeza. Nathaniel no compartía su pasión. ¿Cómo podía amarla cuando era capaz de hablarle con tanta crueldad? ¿Acaso no se daba cuenta de que estaba estropeando lo que podía haber sido un momento muy hermoso?

—Sí, ahora lo sé —contestó, intentando con todas sus fuerzas contener las lágrimas. ¡Estaba tan desilusionada!—. Pero no tienes por qué ser tan duro. Fue un simple error.

—¡Un error que te podría haber costado la vida! —gritó Nathaniel mientras guiaba al caballo por las estrechas callejuelas, que comenzaban a hacerse más anchas y cuyas casas eran menos ruinosas a medida que avanzaban hacia el centro de la ciudad—. Te lo juro, Nicola, a veces pienso que necesitas un guardián a tu lado.

Nicola tuvo que hacer un supremo esfuerzo para contener las lágrimas. Nathaniel jamás la había llamado por su nombre completo tantas veces seguidas. Casi siempre la llamaba Nicky, o a veces Nick. Pero Nicola, jamás. Su nombre completo sonaba muy solemne en labios de Nathaniel Sheridan.

Era evidente que no la quería. Tal vez no la había querido nunca. Tal vez todas sus burlas no eran más que bromas entre amigos. Tal vez no eran, al fin y al cabo, un método para ocultar una emoción más fuerte y más profunda, como ella había sospechado en ocasiones.

Bueno, sospechado no. Esperado, más bien.

—Ya —repuso, incapaz de evitar un pequeño sollozo pero disimulándolo con una tos—. Por lo menos al final hice lo correcto. Convencí a Harold para que fuera a buscar ayuda...

—¡Pues menuda solución! ¡Eso sí que es un ciego guiando a otro ciego! —Nathaniel parecía indignado—. Si no le he dado una paliza ha sido sólo porque estaba demasiado ocupado sacándote del lío en el que te has metido, en parte por culpa del propio Harold. Si hubiera dicho algo desde el principio...

—Pero si lo hizo —dijo Nicola, un poco sorprendida de verse saliendo en defensa del Gallina—. Intentó avisarme. Tú no lo entiendes. No es fácil para Harold. Quiere ser diseñador de moda, pero su padre no le deja.

—Y eso le da derecho a quedarse de brazos cruzados mientras aterrorizan a una joven inocente, ¿no? —Nathaniel movió la cabeza. Su perfil tenía un aspecto solemne y sombrío a la luz de la farola de la esquina. No parecía en absoluto dispuesto a besarla, como Nicola tan fervientemente esperaba—. Mira, Nicky, te aseguro que esto lo van a pagar muy caro. Tu tío va a ir a la cárcel, y no me sorprendería nada ver a lord Farelly y al vizconde también con los grilletes puestos.

—No es mi tío —dijo Nicola sin pensar.

Y de pronto se dio cuenta de que Nathaniel la había llamado «Nicky». ¡Sí, sí, era cierto! Estaba segura.

Lo cual significaba que a lo mejor había alguna esperanza, después de todo.

Peo Nicola tendría que tener mucho cuidado, de manera que apretó sólo un poquito los brazos en torno a su cuello.

—En cualquier caso —comenzó vacilante, temerosa de avivar su furia de nuevo—, has llegado a tiempo, Nat. Igual que... ¡Igual que Lochinvar!

Había olvidado, tonta como era, la magnitud de su desprecio por aquel noble caballero. Pero Nathaniel se lo recordó al instante cuando volvió la cabeza y la miró ceñudo.

—¡Ay, Nat! —exclamó ella, desolada—. ¡De verdad! Tienes que superar tus absurdos prejuicios contra la poesía. Pero ¿qué tiene de malo?

Mientras el caballo avanzaba despacio pero seguro por las calles de la ciudad, Nathaniel, ajeno a las miradas curiosas que atraían (porque era bastante extraño ver a un apuesto jinete con una hermosa joven sin sombrero ni guantes y con un zapato de menos sentada en su silla como si fuera un trofeo ganado en la batalla), se encogió de hombros.

—Pues que es una tontería —declaró—. La gente no habla así, Nicky. Desde luego no en la vida real. ¿Por qué no pueden decir las cosas de manera más sencilla, tal como hablan las personas? Por eso no me gusta la poesía. No la entiendo. —Luego, con renovada furia, añadió—: ¿Por qué no puede Romeo decirle a Julieta que la ama, así sin más, en lugar de ponerse a soltar tonterías sobre que desearía ser un guante y esas cosas?

Nicola, sin poderlo evitar, alzó una mano para acariciar el mechón de pelo que le había caído sobre la frente. No pretendía hacerlo, sencillamente no pudo contenerse.

—Porque la obra sería demasiado corta —contestó—. Y la gente pensaría que ha malgastado el dinero de la entrada.

Nathaniel, si advirtió lo que Nicola le hacía en el pelo, no dio muestras de que le molestara.

—Supongo que así es como logró Bartholomew que accedieras a casarte con él —dijo con rabia—. Te atiborraría de poesía.

—Pues la verdad es que no. No le hizo falta. Lo cierto es que yo ni siquiera llegué a conocer a lord Sebastian. Le dije que sí cuando se me declaró porque amaba, o creía amar, la idea que me había hecho de él. Pero esa idea no tenía nada que ver con la realidad. Tú intentaste advertírmelo, pero yo no te hice caso.

—Y que lo digas.

De pronto Nathaniel tiró de las riendas hasta detener al caballo en mitad de la calle. Ahora los miraba más gente que nunca, pero el joven no pareció advertirlo. Tensó el brazo que tenía en torno a ella para mantenerla sujeta en la silla y la miró fijamente a los ojos.

—Espera un momento, Nick. ¿Me estás diciendo...? ¿Me estás diciendo que ya no amas a Bartholomew?

—No, no es eso. —Nicola dejó de tocarle el pelo para abrazarse a su cuello con las dos manos—. Lo que quiero decir es que no le he querido nunca. Pensé que le quería porque era más fácil que admitir la verdad y confesarme a mí misma a quién amaba de veras.

—¿Y quién es esa persona a la que amas? —preguntó Nathaniel mirándola de manera bastante significativa.

Nicola apartó la vista, pero no pudo evitar que una sonrisa coqueta asomara a sus labios.

—Cielo santo. Para tener un título en matemáticas, tu capacidad de deducción es bastante pobre, ¿no?

Nathaniel se la quedó mirando desconcertado un momento, hasta que una expresión de auténtico deleite iluminó su rostro. Un segundo después aplastaba a Nicola en un abrazo tan posesivo como cariñoso.

—¡Nicky! —exclamó jubiloso con la cara enterrada en su pelo alborotado—. ¿Lo dices de verdad? ¿No te estarás burlando de mí?

Nicola se apartó un poco (hazaña no poco difícil dada la fuerza de los brazos que la sostenían) para poder mirarle a la cara.

—Pues claro que no me estoy burlando —dijo más seria que nunca en la vida—. He intentado decírtelo de manera muy sencilla para que lo entiendas. Ya sé lo que piensas de la poesía...

Pero no pudo decir nada más, porque los labios de Nathaniel, posándose sobre los suyos, la acallaron.

Y Nicola, que hasta entonces sólo había probado los besos de un dios, se dio cuenta de que el beso de un mortal era mucho más satisfactorio, porque parecía sincero. O tal vez era sólo porque esta vez besaba a quien amaba de verdad y cuya amistad valoraba por encima de todo.

En cualquier caso, el beso de Nathaniel Sheridan, incluso a lomos de un caballo en mitad de la calle, era lo más emocionante que le había pasado jamás.

Por lo menos hasta que Nathaniel alzó la cabeza y dijo con voz ronca:

—Nicky, te quiero tanto... —Y procedió a besarla incluso con más vehemencia.

Y eso sí que fue, decidió Nicola, lo más emocionante que le había pasado en la vida. Por lo menos hasta que Nathaniel lo dijo otra vez.

veinte

—Bueno, Nana —dijo Nicola, metiéndose en la boca un trozo de pastel de jengibre y olvidando por un momento las advertencias de madame acerca de hablar con la boca llena—. ¿Qué te parece Nathaniel?

Nana alzó la vista de la limonada que estaba preparando (con limones suministrados por el hermano marinero de lady Sheridan) con una ancha sonrisa en su rostro rechoncho.

—¡Ay, señorita Nicky! —exclamó con los ojos azules muy brillantes—. Es un auténtico mirlo blanco. No podría haber elegido mejor si hubiera celebrado un concurso de maridos.

—Sí —convino Nicola satisfecha—. Eso creo yo también. ¿Y a Puddy? ¿También le ha caído bien?

—¡Por supuesto! —La anciana, lo más parecido a una abuela que Nicola había conocido, entornó los ojos con expresión alegre—. Su prometido ya le ha enseñado un método mucho mejor para llevar las cuentas de la leche y la lana de las ovejas.

—A Nathaniel se le dan muy bien los números —aseguró Nicola.

—Es un joven estupendo —dijo Nana con aprobación—. Ha tenido mucha suerte, señorita Nicky.

Nicola no podía por menos que estar de acuerdo. Había tenido suerte. Más que eso, en realidad. Era la muchacha más afortunada del mundo..., tal como Eleanor declaró con vehemencia unos momentos más tarde, cuando Nicola se reunió con ella sobre la manta de pícnic que habían extendido en el césped de la abadía.

—Ay, Nicky —suspiró Eleanor, mirando el despejado cielo azul—. ¡Qué suerte tienes!

Nicola, mientras llenaba el vaso de su amiga con la jarra de limonada que le había dado Nana, alzó también la vista. El cielo de verano era de un increíble color azul. No se veía ni un atisbo de las nubes de humo de la mina de carbón que estaba a quince kilómetros de distancia.

—¿Porque soy huérfana?

—No, no es por eso. —Eleanor se incorporó—. Por todo esto —explicó, abarcando con un gesto del brazo los pastos verdes en torno a ellas, la bóveda azul del cielo, la pintoresca mansión a sus espaldas—. Es precioso.

—Y pensar que querían que pasara un tren por aquí —le comentó Nicola, tumbándose en la manta junto a su amiga.

—Me alegro muchísimo de que no lo permitieras —dijo Eleanor muy seria—. Vaya, yo estoy a favor del progreso, pero no...

—No cuando tiene que atravesar tu propio salón —concluyó Nicola—. Ya lo sé. Yo pienso lo mismo. Los de Stockton and Darlington pueden construir todas las vías que quieran mientras no pasen por mi propiedad.

—Por lo menos pidieron perdón —comentó Eleanor—. Vaya, que el señor Pease no sabía que te oponías a vender. Lord Renshaw le dijo que estarías encantada de deshacerte de la abadía.

—Yo creo que el Gruñón ha descubierto que estaba equivocado —dijo Nicola, dándose la vuelta para tumbarse boca abajo y tendiendo la mano hacia una margarita—. ¿No te parece?

—Teniendo en cuenta que ahora reside en la prisión de Newgate... —Eleanor se echó a reír—. Sí, creo que sí. Espero que tanto él como lord Farelly estén disfrutando de su nueva residencia.

—Y lord Sebastian —añadió Nicola, arrancando un pétalo de la margarita. «Me quiere»—. No nos olvidemos de lord Sebastian.

—Ah, lord Sebastian. —Eleanor, tumbada junto a su amiga, apoyó el mentón en una mano—. ¿Cómo se me iba a olvidar? De todas formas es una pena: tanta belleza encerrada en una celda.

—Debería habérselo pensado —replicó Nicola, arrancando otro pétalo— antes de acceder a colaborar en los planes de su padre. —«No me quiere.»

—Sin duda. Y no sé si te lo he contado, Nick, pero lady Farelly ha tenido que huir al continente. Con todo esto se ha granjeado la antipatía general. No hay una sola persona en todo Londres que quiera recibirla en su casa desde que salió en los periódicos lo que su marido había intentado hacerte.

—Mejor el continente que la cárcel. —«Me quiere.»

—Eso es verdad. ¡Ah, Nicky! Casi se me olvida. Justo antes de marcharnos me han contado algo de lo más extraordinario. ¡Lady Honoria! ¡Dicen que se ha marchado a América! ¿Qué te parece? ¡A América, Nicky! ¿Y a que no te imaginas con quién?

—Pues creo que sí que me lo imagino. —«No me quiere»—. Con mi primo Harold, ¿a que sí?

Eleanor lanzó un gritito.

—¡Sí! ¿Verdad que es lo más raro que hayas oído jamás? ¡Lady Honoria y el Gallina! No me imagino cómo logró convencerla..., aunque supongo que tampoco le costaría tanto, teniendo en cuenta las circunstancias. Porque ella, igual que su madre, no tenía ya nada que hacer en Londres. Pero aun así... ¡Mira que preferir al Gallina que a su propia madre! Debía de odiar a lady Farelly. ¡Vamos! Cuando me enteré creí que me moría de la risa.

—Pues yo creo que le irá bien —comentó Nicola—. Siempre que el Gallina la mantenga apartada de las plumas. —«Me quiere.»

—Oye, ¿dónde crees que habrán ido los demás? —Eleanor se incorporó de nuevo y, protegiéndose los ojos con la mano, oteó a los lejos—. ¡Ay, Dios! Nicky, no te imaginas lo que se les ha ocurrido ahora a Hugh y a Nat.

«No me quiere.»

—Es verdad, no me lo imagino. ¿Qué están haciendo ahora?

—Bueno, están bastante lejos..., pero yo diría... ¡Cielo santo, Nicky! Creo que están enseñando a Phillip a nadar.

Nicola se incorporó de inmediato.

—¿Van desnudos?

—No —fue la decepcionante respuesta—. A pesar de todo, espero que mi madre no pueda verlos desde la casa. Se supone que Phil está castigado por meter los huevos de pato en el gallinero.

A Nicola le había parecido muy divertido encontrar

tantos patitos anadeando detrás de una gallina completamente desconcertada, pero no había querido admitirlo delante de sus invitados, lord y lady Sheridan, que se pusieron furiosos con su hijo pequeño.

—Dos años —murmuró Eleanor, todavía mirando hacia el río—. Parece una eternidad, ¿no? A mí me parece muy injusto que mi madre os obligue a esperar tanto a Nat y a ti. Tampoco es que seas su hija.

Nicola se encogió de hombros. Como sucedía con la travesura de Phil con los huevos de pato, también estaba encantada en secreto con lady Sheridan por obligarla a esperar a cumplir los dieciocho años para casarse. Puesto que nunca había tenido una verdadera madre, a Nicola le gustaba que lady Sheridan asumiera ese papel. Era como estar de nuevo en la academia de madame Vieuxvincent, sólo que con la ventaja de recibir los besos, intensos y frecuentes, del hombre que amaba. Nicola volvió a su margarita. «Me quiere.»

De pronto Eleanor agarró uno de los mantelitos bordados en los que iba envuelto el almuerzo.

—¡Oye, Nicky! —exclamó—. Se me había olvidado. ¡Pero es maravilloso! Tus iniciales no van a cambiar. Nicola Sparks. Nicola Sheridan. Vaya, ni siquiera tendrás que hacerte manteles nuevos.

—Sí —convino Nicola complacida—. Ya lo sé. —«No me quiere.»

—¿Y se te ha ocurrido pensar que cuando muera mi padre Nat heredará el título de vizconde? Así que al final vas a ser vizcondesa. ¡Qué cosas! —Eleanor movió la cabeza haciendo oscilar todos sus rizos—. ¡Eres la chica más afortunada del mundo entero!

—Sí que es verdad.

Nicola alzó la vista al oír a Nathaniel, que se acercaba llamándola. Llevaba el mechón de pelo que siempre le caía sobre los ojos empapado y pegado a la frente.

—Nicky, vamos. ¡El agua está buenísima!

«Me quiere.»

OTROS TÍTULOS
DE LA COLECCIÓN

ANA Y EL DUQUE

KATHRYN SMITH

Escocia, 1818. Poco esperaba el joven Ewan MacLaughlin que su padre, un duque inglés que lo abandonó, le nombrara heredero justo antes de morir. Y mucho menos esperaba conocer a Ana en tan especiales circunstancias.

Al acudir a Londres a la lectura del testamento, Ewan encuentra una nueva familia: la viuda de su padre y sus hermanos Emily y Richard, así como la prometida de éste, la delicada Ana. No todos le dan la bienvenida, ya que Richard tenía previsto ser el único heredero, y urdirá una oscura intriga contra el recién llegado.

Sin embargo, no cuenta con los sentimientos de la tímida Ana, quien sueña con el verdadero amor. Frente a ella, Richard cada vez se muestra más mezquino, mientras que el coraje y la honestidad de Ewan la hacen sentirse muy próxima a él. ¿Cómo conciliar su obligación de prometida y esos nuevos sentimientos desconocidos? Debatiéndose entre los intereses familiares y la fuerza de las emociones, Ana y Ewan comprenderán que han de desafiar todas las convenciones para cumplir su destino juntos.

CATHERINE Y EL PIRATA

KAREN HAWKINS

Massachusetts, 1777. A pesar de su distinguida educación, Catherine Markham tiene un temperamento algo incontrolable. Así, ante la desaparición de su hermano y la llegada de una petición de rescate, la muchacha se lanza a su búsqueda con toda decisión.

Para entregar el rescate acudirá a un antiguo amigo de su hermano, Derrick St. John, un joven que se dedicó a la piratería y ahora navega en son de paz. Fiel a su amistad, Derrick decide ayudar a Catherine y rescatar a su hermano de los piratas. Pero la convivencia a bordo del barco será agitada: el carácter independiente de ella y la autoridad de él chocarán a menudo. Sin embargo, a lo largo de su andadura descubrirán que pueden ser buenos camaradas, y de esa camaradería surgirán sentimientos imprevistos... A pesar de las dificultades y los enemigos, lucharán juntos contra todos los obstáculos, y compartiendo peligros comprenderán que, pese a sus disputas, están hechos el uno para el otro.

LIGAR CON PRÍNCIPES

TYNE O'CONNELL

Calypso ya está harta de ser la rara de su clase. Desde que ingresó en Saint Augustine, el internado femenino más *snob* de toda Inglaterra, su vida ha sido un completo fracaso social: casi no tiene amigas, no la invitan a las fiestas, los chicos no le hacen ni caso... No es sencillo ser una chica corriente en medio de todas esas hijas de familias ricas, a cual más engreída y mezquina.

Pero Calypso ha decidido que eso va a cambiar este curso. Está decidida a convertirse en la chica más atractiva, interesante y seductora de la escuela. Sin embargo, todo se complica cuando sus planes se le escapan de las manos y el príncipe Freddie, el heredero más codiciado entre sus compañeras, se enamora de ella. Lo que parecía un ligue estupendo puede convertirla en una marginada para siempre...